JN011237

生活魔法使いの下剋上 4

月汰元

[Illustrator]
himesuz

[Illustrator]
himesuz

Contents

1　新ダンジョンとファイアドレイク狩り

俺が住む渋紙市に新しい上級ダンジョンが生まれた。そのニュースは世界中に広まり、渋紙市という名前が多くの人々に知られるようになった。

新しいダンジョンの事を聞いた翌日、俺は冒険者ギルドの支部長に会ってC級の昇級試験を受ける資格を得るにはどうすれば良いか確認した。

「グリム君も鳴神ダンジョンを探索したいのかね？」

近藤支部長が俺の顔を見て尋ねてきた。

「もちろんですよ。ところで新しいダンジョンは、鳴神ダンジョンという名称に決まったんですか？」

「そうだ。奈留丘という土地は、元々鳴神の丘と呼ばれていた場所だったのだ。それはいいとして、D級になったばかりだろ。急ぎすぎではないのかね」

「それでも鳴神ダンジョンを探索したいんです。それでC級への昇級試験を受ける資格を得るには、どんな条件があるか聞きに来たんです」

支部長が頷いた。

「通常は、D級になってから五年以上の経験があり、中級ダンジョンの三十層以上で活動している事が条件になる」

俺はガッカリしたが、もしかしてと思い確かめた。

「三十層のファイアドレイクを倒すと資格が与えられると聞きましたが？」

「ああ、それは支部長推薦枠の事だな。ファイアドレイクを倒すくらいの実力を持つ冒険者には、特別に支部長が推薦し、C級昇級試験を受ける資格を与えるというものだ」

「それです」

　俺は笑みを浮かべて言った。

「まさかとは思うが、ファイアドレイクを倒すつもりなのかね？」

「ええ、倒したら、推薦してもらえますか？」

「実際に倒したのなら推薦する。ただ君はチームを組んでいない。ソロで倒すのは難しいぞ」

「今からチームを組んでいたら遅くなりますから、ソロで倒すつもりです」

「ファイアドレイクは、強力な魔物だ。私には無謀（むぼう）だと思えるのだが？」

「そのファイアドレイクについて調べました。勝算がなければ、こんな事は言いません」

「冒険者は自己責任だ。これ以上は言わないが、無理をするんじゃないぞ」

　ファイアドレイクを倒したという証拠は、どうするのか確認した。すると、ファイアドレイクは、黒魔石〈大〉とファイアドレイクの牙を必ず残すらしい。それを持ち帰れば、討伐した証拠になるという。昇級試験の資格について確認した俺は、冒険者ギルドの近くにある魔道具ストアへ向かった。

　ここの店で売っている魔道具は、ダンジョン産ではなく魔導職人が製作したものである。店に入ってケースの中に並んでいる商品を見た。魔力ホットプレートや魔力カウンター、レベルゲージなどが並んでいる。ちなみに、レベルゲージというのは、魔法レベルを測定する魔道具である。

「何をお探しですか？」

店の主人が尋ねてきた。

「魔道具の眼と耳を探しています」

「ああ、ソーサリーアイとソーサリーイヤーですね」

ソーサリーアイは、魔導のセンサーで光を感知し、その光景を使用者の脳にイメージとして送り込む魔道具である。視力を失った人が使う魔道具だ。

もう一つのソーサリーイヤーは、音波を感知して音の情報を使用者の脳に送る魔道具である。

どうして俺がそんな魔道具を欲しがっているのかというと、魔導知能が欲しいと言い出したからだ。二つ合わせて百二十万円だった。現金で支払って領収証をもらう。ソーサリーアイは黒い碁石のようなもので、ソーサリーイヤーはコインのような形をしていた。

「これを使用する人は、どうやって使っているんですか？」

俺は店主に尋ねた。

「ソーサリーアイは、ヘアバンドのようなものに組み込んで使用する方が多いようです。ソーサリーイヤーはバッジに加工して服に付ける方も居ます」

俺は細工職人にソーサリーアイとソーサリーイヤーを組み込んだバッジを作ってくれるよう

に依頼した。そのバッジを胸に付けてダンジョンで活動するつもりでいる。二時間ほどで出来るというので、適当に時間を潰してから注文品を受け取ると代金を支払った。

「何だか、出費が嵩むな」

俺はマンションに帰り、魔導知能をマジックポーチから取り出してテーブルに置く。その横にバッジを置いた。魔導知能は近くにある魔道具に回線を繋ぎ制御する事ができるらしい。鑑定モノクルもそうやって制御しているのだが、鑑定モノクルは余計な情報まで送ってくるので、眼の代わりにするには相応しくないという。

そして、ソーサリーイヤーは耳の代わりである。俺との会話が成立していたので聴覚があるのかと思っていたが、俺の思考を読んでいたようだ。思考を読むのは勘弁して欲しい。どうしたら良いか尋ねると、魔導知能に触れなければ人間の微弱な思念は読めないそうだ。

「購入した魔道具は使えるか？」

『映像と音声は送られてきました。但し、まだ言語を理解できません』

魔導知能は、俺が何を言ったのか推理して答えた。魔導知能から俺へ思念を送る事は、触れていなくても可能なようだ。魔導知能は思念の強さが違うのだという。

魔導知能は瞬く間に日本語と若干の英語を理解するようになった。俺との会話と一日中テレビを見ていて覚えたのである。ちなみに魔導知能を『メティス』と名付けた。ギリシャ神話に出てくる女神の名前である。

ここ数日、俺はメティスの相手ばかりしていた訳ではない。水月ダンジョンの二十三層から三十層までの情報も調べ、ファイアドレイクを倒す準備もしていた。ただファイアドレイクの火炎ブレスを防ぐ方法は思い付いていない。それに空中を自由自在に飛ぶ化け物をどうやって倒すかという問題も解決していなかった。

「取り敢えず、二十九層まで攻略しよう」

そう決めると水月ダンジョンへ向かった。二十層の中ボス部屋まで行くと先客が居た。蒼銀を専門に採掘している『月華団』というチームである。

「こんにちは、一緒に野営させてもらいます」

月華団のリーダーらしい男が、ジロリと睨んできた。

「お前は、峰月さんと一緒に蒼銀を採掘したやつだな」

「ええ、峰月さんとは、ちょっとだけチームを組みました」

「近藤支部長は、お前の事を買っているみたいだった。だが、ダンジョンは甘くないからな」

後輩に忠告しているつもりなら良い人だが、まだ判断できない。取り敢えず、忠告をおとなしく聞いて野営の準備を始めた。

中ボス部屋での野営の場合は、テントを張らない。アウトドア用の折り畳みベッドと毛布を出し、お湯を沸かすだけで準備が終わる。熱源はアウトドア用カセットコンロである。沸かしたお湯をカップに注ぎ込む。中には野菜たっぷりのフリーズドライスープが入っている。夕食はスープとちらし寿司弁当だ。一緒に野営している月華団チームは、すき焼きを作っている。ベテランは弁当に飽きているのだろう。食事を終えると、月華団チームのリーダー白井が話し掛けてきた。

「ソロでここまで来るとは、大したものだ。何層を攻略するんだ？」

「二十三層の草原エリアです」

「ふーん、パニッシュライノが居るところだな。あの犀には気を付けた方がいいぞ」

性格の悪い冒険者じゃないようだ。白井の情報によると、パニッシュライノの攻撃で脅威なのは鼻の上にある角の攻撃らしい。丈夫な鎧を装備していても、穴が開くほど威力があるという。俺は情報をくれた白井に感謝し、その日は寝た。但し、付けていたバッジのソーサリーアイを月華団チームに向け、魔導知能メティスを入れた巾着袋やマジックポーチは身に付けたまま眠る。

今回の探索装備に追加したのが、このバッジとベルトに吊るした巾着袋で、中には魔導知能メティスが入っている。メティスが自分にはマップ作りの機能があるというので、試してみたのだ。その機能は本当だった。通過した場所のマップをメティスが作り、鑑定モノクルに表示する事ができたのだ。そして、眠る必要がないメティスは見張り番としても活用できた。

何事もなく次の日になり、月華団チームは十九層の蒼銀鉱床へ採掘に行った。一人残った俺は、パン屋で買った菓子パンを食べながらメティスと話す。

「メティス、月華団チームをどう思う？」

『ずーっと蒼銀だけを採掘しているチームだからでしょうか、覇気がないように感じました』

メティスの観察眼は鋭いようだ。リーダーである白井も家庭を持っているようだから、無理ができないのだろう。それも冒険者としての生き方の一つなので、構わないと思う。

『今回は何層まで行くのですか？』

「二十四層だ。あそこに居るリッパーバードと空中戦をしようと思っている」

ファイアドレイクと空中戦を行う前に、予行演習としてリッパーバードと空中戦をしてみようと考えていた。『ウィング』の魔法は空中戦を考慮して作った魔法ではない。一度魔物との空中戦を経験したいと思っていた。その結果、『ウィング』で空中戦は無理だと分かったならば、『ウィング』を改造する事も考えなくてはならない。

支度をして中ボス部屋を出ると二十一層へ下りる階段へ向かった。二十一層の山岳エリアは最短ルートで進み、二十二層へ下りる。この湿原エリアではラフタートルを避けて階段へと向かう。一時間ほど探して階段を下りた。二十三層は草原エリアである。目の前に広がる草原を見渡し、下へ行くに従い段々とエリアが広くなっているのを感じた。

『ここにパニッシュライノが居るのですね？』

「そうだ。かなり防御力の高い魔物らしいけど、知っているか？」

『検索します。……パニッシュライノは、雷装アタックという攻撃方法を持っているようです』

メティスが新しい情報を教えてくれた。検索と言っていたので、何を検索したのか尋ねるとダンジョンアーカイブだと言う。本当なのだろうか？　その情報は冒険者ギルドの資料にも白井の話にもなかったものだ。

『私の持つ権限では、中級ダンジョンに棲息する魔物までしか検索できませんが、情報は確かです』

ダンジョンアーカイブ？　それが何かと尋ねても、メティスは知らなかった。ダンジョンが持つ共有知識みたいなものなのだろうか？　分からない事だらけだ。

情報源は置いておき、雷装アタックというのはパニッシュライノが電気を纏った状態で体当たりするもののようだ。体当たりされると麻痺を起こし、確実に死ぬという。

「怖っ！」

俺は用心して進む事にした。五分ほど進んだところで、パニッシュライノではなくアーマーベアに遭遇。アーマーベアも気付いたらしく、威嚇するように咆哮を上げるとこちらに向かって走り出した。俺は黒意杖を構え、真上から振り下ろすと同時にセブンスハイブレードを放つ。D粒子の刃が音速を超えてアーマーベアの頭に叩き付けられる。その一撃で魔物の頭が切り裂かれ、その大きな体が倒れた。

魔石を拾って先に進む。『ハイブレード』のような魔法は使いやすいと感じた。動作に連動させた起動やイメージ通りに発動される感覚がピタリと来る。〈斬撃〉みたいな特性を持っていたら、『ハイブレード』の威力増強版みたいなものを作っていただろう。だが、〈斬撃〉のような特性はD粒子二次変異に属しているらしく創れそうになかった。俺の持つ賢者システムはD粒子一次変異の特性しか創れない。

そんな事を考えながら進んでいると、パニッシュライノと遭遇した。パニッシュライノは象ほどの大きさがある犀だ。その巨体が走ると地面が揺れる。凶悪そうな姿だが、怖いとは思わない。パニッシュライノとの距離が離れていた時は、そう思ったのだ。だが、次第に近付く大きな魔物を見ていると、ちょっと怖いかもしれないと思い始めた。近付くと存在感が強く感じられ、恐怖が込み上げてくる。

クイントパイルショットを発動する。D粒子パイルがパニッシュライノに向かって飛翔して肩に命中すると、そのまま貫通した。その衝撃でパニッシュライノが転んで地面をザーッと引っ掻きながら滑る。

くっ、急所を外したか。パニッシュライノがしぶとく立ち上がろうとしている。俺は少し近付き頭にクワッドパイルショットを撃ち込む。それがトドメとなって消えた。

パニッシュライノが残す魔石は、青魔石〈中〉だった。この魔石一つを換金するだけで、半

月ほど暮らせるだけの収入になるので馬鹿にできない。メティスからもらった雷装アタックの情報は、あまり役に立たなかった。近付く前に倒してしまうので、関係なかったのだ。それから三匹のパニッシュライノを倒し、二十四層に下りる階段を発見。これからが本番だと考えながら、その階段を下りた。


　二十四層は起伏の激しい荒野だった。赤茶けた土に覆われた大地と岩、それに少量の雑草だけしか見えない。ここを攻略する方法は、リッパーバードと遭遇しないように行動する事だと聞いている。

　空を自由に飛び回るリッパーバードを倒すのは難しい。リッパーバードは白鳥ほどの大きさの黒い鳥で、その口からは鳴き声と同時に魔法を放つ。これは鳴放刃と呼ばれる魔法で、魔力を刃に変えて撃ち出すものだ。その威力は一撃で人間の首を切り飛ばすほどである。ただ鳴放刃は黄色の淡い光を放っているので、目で軌道を確認して避ける事ができるという。

　連続で放つ事も可能なので、魔力障壁を作り出せる『ウォール』の使い手や防御重視の魔装魔法を使える者以外は逃げる事を、冒険者ギルドから推奨されている。俺は『プロテクシールド』が使えるので、大丈夫だと思う。

　このエリアには、リッパーバードの他にデビルスコーピオンという大サソリの魔物も居る。そのデビルスコーピオンと遭遇した。大きなハサミをパチパチと鳴らし、毒針のある尻尾をゆらゆらと揺らしている。ハサミで攻撃してきた。クイントオーガプッシュを発動し、オーガプレートがデビルスコーピオンを弾き飛ばす。クイントオーガプッシュがかなり効いたらしく、よろよろしながら大サソリが戻って来た。その大サソリの頭にクイントブレードを叩き込んで仕留めた。

その直後、上空から鳴き声が聞こえたので素早く見上げると、こちらに向かって飛んでくる黄色の淡い光を放つ鳴放刃が目に入る。反射的に横に跳んで躱し地面を転がる。狙いを外した鳴放刃が地面を斬り付け土煙を上げた。地面に刻まれた鳴放刃の傷跡を確認すると、自分の顔が引きつるのを感じた。

「か、かなりの威力だな」

素早く起き上がった俺は、空を見上げる。黒いリッパーバードが旋回していた。急いでマジックポーチから鞍を取り出し、素早く『オートシールド』を発動。それから黒鱗鎧のスイッチを入れ、『ウィング』を発動した。

旋回していたリッパーバードが、俺を目掛けて急降下を始める。そして、鳴き声を上げながら鳴放刃を撃ち出した。俺は五重起動の『プロテクシールド』を発動。鳴放刃に対して垂直な角度で出現したD粒子堅牢シールドの陰に身体を入れる。

鳴放刃はD粒子堅牢シールドに弾かれて消えた。俺は急いでD粒子ウィングに鞍を付け、跨るとシートベルトを締めて飛び上がった。飛び上がった俺を見て、リッパーバードが警戒している。リッパーバードに向かって飛ぶと、鳴き声が聞こえて鳴放刃が放たれた。

「ヤバイ、ヤバイ」

俺は夢中で叫びながら左旋回する。横G(ジー)が全身に掛かりシートベルトが身体に食い込む。何とか鳴放刃を躱した俺は、リッパーバードの姿を探す。

「……リッパーバードが居ない」

『真上です』

メティスの声が頭の中に響いた。俺は視線を上に向け、リッパーバードの姿を確認した。足の爪を俺に向けて襲い掛かってくる。クイントオーガプッシュで迎撃。リッパーバードがヒラリと躱して逃げて行く。飛行速度はリッパーバードの方が二倍ほど速いようだ。

何度かリッパーバードの攻撃を躱して攻撃するチャンスを待つ。飛行速度の違いで、どうしてもリッパーバードに主導権を取られてしまう。俺は空中に停止してリッパーバードに視線を向けた。リッパーバードが鳴放刃で攻撃してきた。俺は五重起動の『プロテクシールド』を発動して鳴放刃を防ぐ。そして、リッパーバードに向けてクイントパイルショットを放った。

リッパーバードはD粒子パイルが見えているようだ。これも簡単に躱し、もう一度鳴放刃を放つ。俺は急降下してシートベルトが身体に食い込むのを感じて歯を食いしばる。それから右旋回してリッパーバードから距離を取ろうとした。だが、飛行速度が上のリッパーバードに先回りされた。襲ってくるリッパーバードから逃げるために急上昇する。

上昇する速度だけは、俺の方が上だった。懸命に羽ばたき上昇してくるリッパーバードに向けてクイントパイルショットを放つ。リッパーバードの反応が遅れた。躱そうと翼をひるがえした瞬間、D粒子パイルが右の翼を貫いた。リッパーバードがきりもみしながら地面に落ちていく。

それを追い掛ける。地面に墜落したリッパーバードは飛び上がろうと藻搔いており、そこにトリプルパイルショットでトドメを刺した。ホッとして着地すると、シートベルトを外して地面に座り込んだ。

「はあっ、空中戦はキツイ」

短時間の戦闘だったはずだが、慣れない戦いで精神と肉体の両方が疲れた。

『空中戦はどうですか？』

メティスの声が頭に響いた。

「ダメだな。リッパーバードに苦戦しているようでは、ファイアドレイクには勝てない」

一番の原因は飛行速度だ。二倍ほど最高速度が速いリッパーバードに戦いの主導権を取られてしまった。ファイアドレイクの飛行速度はどれほどだろう？

「それに、空中戦で主力攻撃のつもりだった『パイルショット』が、全然当たらなかったのも問題だ」

『それは仕方がないのではありませんか。両方が激しく動き回っているのです。中々命中しないものです』

「いや、リッパーバードは明らかにD粒子パイルが見えていた。あれは見て避けていたんだ」

『なるほど、避ける相手に対して、どう攻撃するかですね』

それを聞いた俺は立ち上がった。またリッパーバードに発見されるのは勘弁して欲しい。そう思いながら階段に向かって戻り始めた。デビルスコーピオンとは遭遇したが、運良くリッパーバードとは遭遇せずに階段まで戻れた。

二十層の中ボス部屋に戻る。月華団チームは地上に戻ったようだ。

「そう言えば、空中戦の時にリッパーバードの位置を教えてくれたけど、見えたのか？」

『いいえ、私には魔力を感知する能力があるので、気付いたのです』

「じゃあ、ソーサリーアイは必要なかった？」

『魔力を感知できても、テレビは見られません。やはりソーサリーアイは必要だと思います』

メティスはテレビが気に入っているようだ。二十層の中ボス部屋で一泊した俺は、地上に戻った。

その翌日、冒険者ギルドへ行って魔石を換金してから、資料室でファイアドレイクの飛行速度がどれほどか調べる。ファイアドレイクと戦った冒険者たちの証言から、時速百五十キロぐらいだと推測できた。

なぜ推測できたかと言うと、『フライ』を使える冒険者が空中戦を行ったらしい。その時は、三人の攻撃魔法使いとファイアドレイクが戦い、『ドレイクアタック』でファイアドレイクを仕留めている。『フライ』は使い手によって最高速度が変わる。三人の中で一番速い攻撃魔法使いが時速百五十キロほどの飛行速度を出せたという。

ちなみに、『ドレイクアタック』という攻撃魔法は、近接信管を使った対空砲弾のようなものだ。撃ち出されたマジック砲弾が魔物に接近すると、その魔力を感知して爆発して仕留めるという。

「ファイアドレイクは、時速百五十キロか……空中戦をするなら時速百八十キロくらいは欲しいな」

『『ウィング』を改造すれば、それくらいの飛行速度はだせるはずです』

「そうだな」

その時、資料室に受付のマリアが入ってきた。

「やはり、ここだったんですね」

「何か用ですか？」

「水月ダンジョンで、月華団チームを見かけなかったですか？」

俺は二十層の中ボス部屋で一緒だった事を話した。

「その月華団チームが、戻って来ないんです」

「おかしいな。先に帰ったと思っていたんだけど」

「今日中に戻って来なかった場合、捜索を行う事になると思います。その時は、手伝(てつだ)ってもらえませんか？」

俺は承知した。こういう場合、冒険者は協力するのが普通なのだ。そうでなければ、自分がダンジョン内で遭難した時、助けに来てもらえないかもしれない。但し、それは中級ダンジョンまでだ。上級ダンジョンになると捜索は難しくなる。それから少しだけファイアドレイクについて調べてから、マンションに戻った。


帰宅するとソファーに座ってテーブルの上にメティスの入った巾着袋とバッジを置く。テレビのスイッチを入れてソーサリーアイをテレビに向けた。魔導知能のメティスは、どんな番組でも見る。好き嫌いはないようだ。

俺はテレビの音声を聞きながら、空中戦について考えていた。空中戦を諦めて『パイルショット』や『コールドショット』で倒せないかと検討してみる。空を自由に飛び回る魔物を仕留めるには、射程が足りない。近付いてくるのを待って仕留めるというのも考えたが、それだと主導権を魔物に与える事になる。

ファイアドレイクが火炎ブレスを吐きながら近付いてきたら……ダメだな。待つというのは得策でない。それに火炎ブレスを避ける事を考えるなら、まだ空中戦の方が避けやすい。考えが纏まらない。疲れているせいで集中力が切れ始め、別の事を考え始めた。リッパーバードが『パイルショット』を避けてしまう対策である。その時、冒険者ギルドから電話があり、月華団チームの捜索を手伝ってくれと頼まれたので承諾する。

翌朝、水月ダンジョンへ行くと十数人の冒険者が集まっていた。近藤支部長が協力してくれる冒険者に感謝し、捜索する範囲を決めた。俺と鉄心(てっしん)は十七層から二十層を捜すように指示される。

「鉄心さん、よろしくお願いします」

「おう、よろしくな」

鉄心は宝物庫で手に入れた『効力倍増』の魔導武器である剣を腰に差していた。それから十七層に向かう。十三層の砂漠エリアと十四層の湖エリアでは、ロープでブランコのようなものを作り、D粒子ウィングに取り付けて鉄心を運んだ。

「やっぱり、『ウィング』はいいな」

「鉄心さんも、もうすぐ習得できるんじゃないですか？」

「生活魔法の魔法レベルが『8』になったら、すぐにでも習得するつもりだ」

十五層へ下りて草原エリアを奥へと進む。途中でアーマーベアと遭遇した。鉄心が剣を抜き、「任せてくれ」

そう言って進み出た。『パワータンク』を使って身体能力を上げた後、剣に『スラッシュプラス』を掛けたようだ。『スラッシュプラス』は武器の切れ味を強化する魔装魔法である。

アーマーベアが走り出した。鉄心も迎え討つために走り出し、激しい戦闘が始まった。スピードは鉄心が上で、パワーはアーマーベアが上のようだ。アーマーベアが凶悪な爪で攻撃してくるのを躱した鉄心が、アーマーベアの足に斬撃を放つ。その一撃でアーマーベアが深い傷を負った。鉄心はベテランらしい冷静さで少しずつダメージを増やし、最後にアーマーベアの首を刎ねる。

「鉄心さんは、冷静な戦い方をするんですね？」

「ん、まあな。『酔っぱらい隊』の連中みたいに、力押しするほどパワーがないからな」

火事の時に一緒に救助活動をした『酔っぱらい隊』のメンバーは力押しするタイプらしい。

それから少し進むと階段の近くで別のアーマーベアと遭遇した。

「今度は、俺に任せてください」

俺は黒意杖を持って前に出た。鉄心は腕を組んで後ろで見守っている。次の瞬間、アーマーベアが走り出した。間合いを見極め、セブンスハイブレードを叩き付ける。その一撃で頭から胸にかけて切り裂かれたアーマーベアは死んだ。一撃で倒した俺の戦い方を見た鉄心が、唸り声を上げる。

「……『ウィング』より先に、『ハイブレード』を習得した方が……」

魔法レベル8になった時に、どちらから習得するかで悩み始めたようだ。俺たちは十五層、十六層を無事に進み、十七層へ辿り着いた。ダンジョン内での捜索は、闇雲に捜すのでは時間が掛かるので、最初に信号弾を使う事になっている。

エリアの三ヶ所で信号弾を打ち上げ、遭難者の返事を待つのだ。俺も信号弾と信号拳銃を購入してマジックポーチの中に入れている。

「ここはキュクロープスが居るエリアだ。信号弾を撃ったら、すぐに移動するぞ」

キュクロープスは好奇心が強く、信号弾に反応して集まってくるらしい。俺たちは一発目の信号弾を打ち上げた。上空で信号弾の炸裂音が響き渡る。遭難者の反応はない。俺たちは奥へと移動する。エリアの真ん中ほどで二発目を打ち上げる。そこでも反応がなかった。そして、十八層へ下りる階段近くで三発目を打ち上げた時、右手の方角から別の信号弾が打ち上げられた。

「あそこだ」

俺たちは走り出した。そして、小さな丘のような場所の近くまで来た時、巨人たちの群れを発見した。丘にある洞穴の前に六匹のキュクロープスが居た。

「まずいな。月華団は洞穴の中らしい」

鉄心の顔が厳しいものになる。

「グリム、戦うとしたら、キュクロープスを何匹引き受けられる?」

うだ。

「全部ですね」

「そうか、残りの……はあっ、全部だって」

鉄心が変な驚き方をした。俺が数匹引き受けたら、残りを鉄心が引き受けるつもりだったよ
「ちょっと試したい事もあるので、全部任せてもらえますか？」

「いいのか？　六匹も居るんだぞ」

「問題なしです。生活魔法を過小評価しないでもらいましょう」

「まだ隠し玉があるのか？　やっぱり、魔導書を手に入れたというのは本当だったんだな。その魔導書には新しい生活魔法がいくつあったんだ。十二、それとも十五か？」

普通の魔導書には、それほどの新しい魔法が書かれているらしい。生活魔法の魔導書に記載されていた新しい魔法は少なかった。生活魔法自体が未発達だという事なのだろうか？

「ノーコメントです」

鉄心が肩を竦めた。

「まあいい。それほど自信があるなら任せよう」

俺は七重起動の『パイルショット』であるセブンスパイルショットを試そうと思っていた。この魔法の威力を試すには、キュクロープスの集団が必要だ。好都合な事にキュクロープスたちは洞穴の前に一列に並び、その入り口を睨んでいる。俺はトリプルカタパルトを使って巨人

たちの真横に移動した。

　まだ気付かれていない。巨体が並んでいる場所を狙ってセブンスパイルショットを撃ち込む。超高速で飛翔したD粒子パイルが一番手前に居るキュクロープスの脇腹に命中し体内を貫通。それが隣の巨人の胸に突き刺さり、あっさりと貫通した。

　それだけではない。軌道からズレていた三匹目を飛ばし、四匹目の頭に突き刺さって消えた。圧倒的な威力である。三匹の巨人が倒れ、残りのキュクロープスが俺に気付く。キュクロープスが叫び声を上げて、俺に襲い掛かった。またトリプルカタパルトを使って自分の身体を真後ろに放り投げる。

『エアバッグ』を使って着地すると、トリプルコールドショットを巨人の胸を狙って撃ち込んだ。命中した瞬間に終端部がパッと開いてストッパーとなり、運動エネルギーのすべてが巨人の肉体に叩き込まれた。それだけでキュクロープスは死んだ。追加効果である冷却は必要なかったらしい。その後、残り二匹に一発ずつ撃ち込むと、キュクロープスは全滅した。鉄心が出て来て俺の横に並ぶ。

「凄まじいな。魔法才能が『D』でも習得できる魔法なのか？」

「残念ながら無理かな。魔法レベル11以上が必要なんですよ」

　鉄心がガッカリした顔をする。

「それより、キュクロープスが集まって来ないうちに、月華団の安否を確かめましょう」

「そうだな」

俺たちは洞穴に入った。洞穴の奥に月華団チームのメンバーが居た。リーダーの白井が怪我をしたようだ。白井たちから感謝され、礼を言われた後に尋ねられた。

「キュクロープスはどうしました？」

鉄心が笑い声を上げる。

「安心しろ、魔物は全部倒した。まあ、キュクロープスたちを倒したのは、グリムなんだけどな」

驚きと感謝が含まれた視線を受けて、ちょっと照れくさい。

「白井さん、手当てはしたんですか？」

「ああ、初級治癒魔法薬を飲んだ。だけど、骨まで折れている。初級治癒魔法薬じゃ治らない」

白井の怪我は右足だった。

「運が悪かったんだ。キュクロープスと遭遇し、仕留める前に叫ばれて仲間を呼ばれた」

俺たちは即席の担架を作り、白井を乗せて運んだ。『ウィング』でとも思ったが、魔力の消費を考えたら担架が一番という事になった。階段の出口にシールを貼りながら、地上に向かう。

このシールは月華団チームを救助したという印である。同じく救助に駆り出された冒険者たちがシールを見て捜索を打ち切り戻る合図になっている。

ダンジョン内では無線が使えないので、こういう方法で連絡するしかないのだ。九層の中ボス部屋まで戻り、そこで一泊してから地上に戻る。

「よくやった。寿司の出前を取るから、食べてくれ」

近藤支部長が笑顔で労ってくれた。その日は支部長の奢りで寿司をたらふく食べてからマンションに戻る。

部屋でちょっと休んでから、空中戦用の魔法について考え始めた。基本は『ウィング』の改造で問題ないと思っている。但し、形状は全く違うものにしようと考えた。賢者システムを立ち上げ、『ウィング』を元に改造を始める。

まずは飛行速度だ。時速百八十キロにするには、集めるD粒子の量を増やさなければならない。D粒子がエネルギーに変換されて推進力となっているからだ。推進力を増強したD粒子ウィングを形成してみる。それを使ってシミュレーションしてみると問題ないようだ。

次に激しい動きで発生する横Gや様々な角度のGをどうするかである。身体を包み込むようなシートを考えた。形としてはスポーツカー用のバケットシートに似ている。これは横Gが掛かった時に、身体を固定するためである。もちろんシートベルト付きだ。

形はバケットシートだが、薄いガラス板のようなD粒子のプレートで作られているので脆そうに見える。しかし、実際は非常に頑丈でバネのような弾力もある。足の置き場も必要になるので、鐙(あぶみ)ではなく車椅子のフットレストのようなものを付ける。このシートと推進力を増強したD粒子ウィングを結合。奇妙なものが完成した。これはシートの乗り心地(ごこち)を試すために試作したもので、完成したものではない。

翌日、ダム湖に行った。そこで試運転しようと考えたのである。ここの湖はあまり人が居ない。賢者システムを立ち上げ、新しい魔法を発動する。目の前に淡い赤色に輝く奇妙なものが出現した。シートに座ると、自動的にシートベルトが締められ、身体が固定される。乗り心地は悪くない。

五メートルほどに高度を上げ、湖面を滑るように飛び始めた。最初は時速五十キロほどで飛ぶ。急上昇、急降下、右旋回、左旋回、急加速、急減速と色々試してみる。操縦性に問題はない。身体を包み込むようなシートは急上昇、右旋回、左旋回、急加速、急降下の時に真価を発揮し、身体を支えてくれた。但し、急減速の時はシートベルトが身体に食い込む。前方に投げ出されるような力が働くとダメなようだ。

いよいよ最高速度を試してみる事にした。時速五十キロから次第に飛行速度を上げる。時速百キロを超えた辺りから、風圧が強くなり支障が生じる。

「ダメだ。すぐに目が乾いて目を開けていられない」

俺は飛行速度を落として、マジックポーチから暗視ゴーグルを取り出して掛ける。再び最高速度に挑戦したが、今度は風圧で胸が苦しくなった。時速百二十キロくらいになると、風圧が三十キロくらいの力となって身体を圧迫する感じになるようだ。短時間なら我慢できるが、長時間は無理そうだ。

「このままじゃ使えない。風防付きの機体が必要だ」

このシートを組み込む機体の形状をどうするかと悩み始めた。

飛行実験を終えた俺は、ダム湖の畔(ほとり)で水面を見ながら考えていた。

「風防か。一番簡単なのはシートを流線型のカプセルのようなもので囲む事だけど、それだと魔法で攻撃ができなくなる」

『テレビで見たオープンカーのような形にすれば、良いのではありませんか?』

黙って実験に付き合っていたメティスが意見を言う。

一人乗りのオープンカーか。試しにシートの周りに流線型の風防を付け、そこに逆V字形の後退翼を組み込むという形に纏めてみた。タイヤやハンドルなどがないので、すっきりした形になる。と言っても、思い付きを形にしただけなので欠点があると思う。これから改良すればいいだろう。

もう一度、飛行実験をしてみる。速度を上げても風防の御蔭(おかげ)で直接強い風が当たるような事はなかった。気分的には昔のＢ２ステルス爆撃機に乗っているみたいなのだが、実際は変な戦闘機の玩具に乗っているように見える。もう少し洗練したフォルムになるように改良していこうと思う。

それにしても湖面を滑るように飛行するのは気持ちが良い。キラキラ光る湖面を水鳥を避けながら飛ばす。最高速度の時速百八十キロになってもゴーグルは必要なかった。これが街中を走るバイクや車だったら怖いと思うかもしれないが、空を飛ぶ場合だと怖さは半減する。障害物が少ないからだろう。

これで完成という訳ではないが、この魔法に名前を付けた。『ブーメランウィング』だ。ブーメランのような翼という意味である。正確には後退翼なので、スウェプトバックウィングなのだが、『ブーメランウィング』の方が覚えやすい。ただ『ブーメランウィング』だと回転しながら飛ぶようにイメージするかもしれないが、期待には添えない。

『ブーメランウィング』の航続距離は五十キロほどなので、全力で飛ぶと十五分ほどしか飛べない。飛行機などと比べると短すぎる航続距離だが、ダンジョン内で使うのであれば十分だ。

その日は魔力が続く限り、飛行実験と魔法改良を続けた。

そこで面白い現象が判明した。時速七十キロほどで飛びながら、時速七十キロほどの初速である『コーンアロー』を撃ってみた。前方に撃つと地上で撃った時より少し遅い速度で撃ち出され、加速するように見えた。これはどういう事を意味するかというと、D粒子コーンは元々の速度に『ブーメランウィング』の飛行速度がプラスした速度で撃ち出されるという事だ。少し遅く感じたのは風圧の影響だろう。

何だか疲れた。魔力が尽きかけている影響だろう。その日の飛行実験は終了し、『ブーメランウィング』を賢者システムに登録した。但し、仮登録である。まだまだ改良する点があるようだ。

その頃、由香里（ゆかり）はホテルで行われたパーティーに出席していた。両親が働いている大学病院が主催するパーティーだ。

「相変わらず、不機嫌そうな顔をしているな」

顔見知りの大学生から声を掛けられた。母親の同僚の息子で、村田孝之（むらたたかゆき）という医学生である。

「だって、このパーティーは三島（みしま）教授の論文が、何とかという有名な雑誌に載ったお祝いなんでしょ。あたしには全然関係ないんだもの」

「そうかもしれないけど、三島教授に顔と名前を覚えてもらったら、後で役に立つかもしれないよ」

「孝之さんは、そうかもしれないけど、医者になるつもりがないあたしは、関係ない」

「ほう、君島（きみしま）准教授のお嬢さんは、将来は何になるんだね？」

後ろから声を掛けたのは、今日の主役である三島教授だった。

「あっ、教授。おめでとうございます」

由香里は慌てて祝いの言葉を口にした。

「ありがとう。それで教えてくれないか?」

「冒険者になるつもりです」

「これは意外だ。医者にならないのは、なぜかね?」

由香里が肩を竦めた。

「医者になるほど頭が良くないからです」

「人には向き不向きがあるから、仕方ないか。しかし、冒険者になれそうなのかな?」

「ええ、すでにE級冒険者です」

「それは素晴らしい。そうだ……」

三島教授が後藤(ごとう)という男性を呼んだ。

「彼も冒険者なんだ。君の先輩という事になる」

ワイングラスを持った後藤が、由香里に視線を向ける。

「お嬢さんも冒険者なのか。どんな魔法が得意なんだ?」

「攻撃魔法と生活魔法です」

「そうか、攻撃魔法使いなのか。僕も攻撃魔法使いなんだよ」

由香里は攻撃魔法使いと聞いて、Ｂ級冒険者の後藤という攻撃魔法使いが、渋紙市の上級ダンジョンに潜るために引っ越して来たという話を思い出した。

「後藤さんの名前は聞いています。鳴神ダンジョンに挑戦するんですよね？」

「ああ、そうだ」

「でも、どうして冒険者の後藤さんが、このパーティーに？」

「ダンジョンで大怪我を負った時に、三島教授に世話になったんだよ」

その時、入り口付近で大きな音がした。そして、悲鳴が上がる。三島教授がそちらに視線を向けると声を上げた。

「何が起きた？」

「教授、佐々木講師が酔っ払って倒れたんです。その拍子に頭を切ったようです」

教授が怪我人のところへ近付いた。由香里も教授の後ろから追い掛ける。三十代の男性が床に倒れており、頭から大量の血を流している。

「何をボーッとしている。医者なら手当てをせんか」

教授が大きな声を上げる。だが、医者の全員がためらっていた。酒を飲んでいたからだ。誰かが救急車を呼びに行ったが、治療しようとする者は居なかった。由香里は父親を見付けて声を掛けた。

「お父さん、治療しないの？」

「酒を飲んでいる。それに内科が専門だからな」

「もういい、儂が治療する」

と三島教授が言い出した。だけど、一番酒を飲んでいるのが教授なのだ。顔が赤いし大丈夫なのだろうか、と由香里は疑問に思った。その時、後藤が声を上げた。

「この中に『ケア』を使える人は居ませんか？」

緊急時における生命魔法による治療は許されているのだ。

「はい、あたしが使えます」

由香里が名乗り出た。Ｂ級冒険者の後藤が由香里に顔を向ける。

「攻撃魔法と生活魔法を使うと言っていなかったか？」

「生命魔法は、少しだけ習得しているんです」

「ほう、多才だな」

三島教授が目を輝かせた。

「よし、なら『ケア』を使って血止めを頼む」

由香里は『ケア』を発動した。一度では血が止まらず、二度目の発動で血が止まる。

「よし、これでいいだろう。傷口を確かめよう」

三島教授は水を持ってこさせ、傷口を水で洗い流す。

「髪の毛が邪魔だな」

「それなら、あたしが切りましょう」

由香里は『モゥイング』で髪の毛を刈った。傷口付近の毛がカミソリで剃ったかのように綺麗に刈れる。それを見た三島教授が目を瞠った。

「それも生命魔法なのかね？」

「これは生活魔法です。草刈り用の魔法なんですけど、生き物や魔物に使うと毛刈りになるんです」

三島教授が傷口を見て、難しい顔になる。

「傷が深いな。このままでは、また出血するだろう」

『ケア』は一時的に血止めする魔法であり、傷が深いと再出血する事がある。

「縫うしかないな」

赤ら顔の三島教授を見て、後藤は危ぶんだ。後藤自身が三島教授にたらふく酒を飲ませたからだ。

「お嬢さんは、『ケア』の他に生命魔法は何が使えるのかね？」

後藤が由香里に質問する。

「生命魔法の魔法レベルは『3』なので、『ヒーリング』なら使えます」

由香里はアリサたちとダンジョン探索をしている間に、生命魔法の魔法レベルが『3』に上がっていたのだ。『ヒーリング』は自己治癒力を上げる魔法なので、こういう傷には効果が高い。


「教授、まず『ヒーリング』を掛けて様子を見ましょう」

三島教授は頷いた。

「そうだな。お嬢さん、頼む」

由香里は『ヒーリング』を発動した。すると、佐々木講師の傷口が塞がり始めた。これは多めに魔力を投入して『ヒーリング』を発動した時の現象だった。

「素晴らしい。これで佐々木君も大丈夫だ」

三島教授が太鼓判を押した。教授が由香里の両親に視線を向けた。

「君たちの娘さんは、素晴らしいよ」

両親が誇らしそうな顔をするのを目にすると、由香里は胸を張った。

「由香里、よくやったわ」

母親が由香里の肩を抱き締める。この瞬間、由香里は生命魔法に興味を持った。大学に行って生命魔法について勉強してみようという気になったのだ。世界の医療技術は、D粒子の存在によりCTやMRIなどが使えなくなり後退したと言われている。そこで生命魔法を医療に取り入れる試みが始まった。由香里は、その勉強をしようかと思い始めた。

『ブーメランウィング』の魔法開発が一段落した俺は、『パイルショット』がリッパーバードに当たらなかった事を思い出していた。

「リッパーバードか。クイントパイルショットを避けた時の動きは凄かったな。よっぽど動体視力が凄いんだろうな」

クイントパイルショットはかなり高速なのだ。軌道を見て避けられるとは考えもしなかった。

『あれは回避パターンがあるのではありませんか？』

メティスが意見を言った。

「どういう事だ？」

『攻撃されたと気付いた時、リッパーバードは同じように旋回して避けたように見えました』

「というと、クイントパイルショットの軌道を見て避けたのではなかった、という事？」

『はい、避けなくても命中しない場合でも、同じような回避パターンを実行していました』

「そうなると、まずは命中率を上げないとダメなのか？」

『リッパーバードの場合は、散弾銃のような魔法を創ればいいと思います』

「なるほど、散弾銃か。いいアイデアだ。だけど、本命のファイアドレイクはどうする？」

『ファイアドレイクを倒した攻撃魔法のようなものは、創れないのですか？』

「『ドレイクアタック』か。対空砲弾のような魔法だったな」

『センシングゾーン』の魔法を応用すれば、ファイアドレイクの位置を感知して攻撃するという事はできるだろう。だが、生活魔法の中で爆発する魔法というのは『ヒートシェル』しかない。『ヒートシェル』は発動に時間が掛かる魔法なので、それを真似ると発動に時間が掛かる生活魔法になってしまう。

その日は疲れたのか頭が回らず、良いアイデアが浮かばなかった。そこでメティスが提案した散弾銃のような魔法というのを創った。これは『パイルショット』に変更を加え、小型のD粒子パイルを複数撃ち出すというものだ。長さ二十センチほどの小型D粒子パイルを三十本も撃ち出す魔法『マルチプルアタック』となった。

翌日、新しい魔法を試そうと思い有料練習場へ行き、小さな練習場を借りる。その時、大勢の人々が集まっているのに気付いた。有料練習場の従業員に何の騒ぎか尋ねた。

「あれはB級冒険者の赤城士郎さんが来ているんですよ」

赤城は上級ダンジョンの中ボスであるアースドラゴンを倒した事で有名になった冒険者である。この時、単独で倒したのでA級になるのではないかと噂された。

「やっぱり新しい上級ダンジョンに潜りに来たのか。早くC級にならないとダメだな」

俺は赤城が何をしているのか見に行った。

「赤城さん、挨拶代わりに何か魔法を見せてください」

赤城の顔を見るために集まった一人が、厚かましくも言い出した。

「ああ、いいぜ。そうだな……『ドレイクアタック』にしよう」

意外に思ったのだが、赤城の態度はフレンドリーというか、軽い感じがした。『ドレイクアタック』を見せてくれるというので、俺も見物する事にする。

標的であるコンクリートブロックから五十メートルほど離れた場所に立った赤城が、コンクリートブロックを見詰める。左手を標的に向けると『ドレイクアタック』を発動。淡い光を放つ魔力の塊が標的に向かって飛び、コンクリートに命中した瞬間に爆発。爆風が見物していた俺たちの所まで押し寄せた。その爆風が収まった後、標的に目を向けると命中したコンクリートブロックが半分ほど吹き飛んでいた。残っている半分も表面がヒビ割れ、無残な姿となっている。

「うわーっ、これならファイアドレイクも仕留められるな」

『そうでしょうか?』

魔力感知の能力を使って赤城の『ドレイクアタック』を見ていたメティスが、異議を挟んだ。

「はあっ、あの威力でもファイアドレイクを倒せないというのか?」

驚いた拍子に声を上げてしまった。近くに居た冒険者の何人かに睨まれる。

俺は慌てて野次馬集団から抜け出し、借りた練習場に入った。ドアを閉めて溜め込んだ息を吐き出す。

「ふうーっ、変な事を言うから、声を上げちゃったぞ」

『何が変なのですか？』

「あの威力だったら、ファイアドレイクでも倒せるだろう」

『そうですね。もし命中すれば、倒せるかもしれません』

「でも、あれは近接信管と同じように、魔物に近付けば自動的に爆発するはずだ」

『いえ、あれは『ドレイクアタック』ではないので、爆発しません』

「別の魔法だというのか？」

『はい。おそらく『ロッククラッシュ』です』

『ロッククラッシュ』は、魔法レベルが『12』になると習得できる魔法だ。威力は『ドレイクアタック』とほぼ同等だが、近接信管のような機能はなく命中しないと爆発しない。

「確かなのか？」

『はい。『ドレイクアタック』なら、魔物が近くに居るか探知するために、魔力を放出しているはずですが、あの魔法からは感じませんでした』

「そういうものなのか？　もしかすると、魔物が発する魔力を感知して近くに居るかどうかを確かめる仕組みなのかもしれないぞ」

メティスによると高速で移動している魔物に対しては、そういう感知の仕組みは使えないらしい。

「そうすると、疑問が残る。赤城さんはどうして『ロッククラッシュ』を使ったのか？」

『可能性としては、『ドレイクアタック』が使えない、性格が悪くて野次馬たちをからかっている、くらいでしょうか』

曲者（くせもの）のＢ級冒険者か。気を付けるようにしよう。


「さて、威力を試そう」

俺はコンクリートブロックから十九メートル離れて立ち、賢者システムを立ち上げた。『マルチプルアタック』は多重起動ができるので、三重起動の『マルチプルアタック』を発動。俺の伸ばした右手の前方五十センチほどの空間に、三十本の小型Ｄ粒子パイルが現れる。次の瞬間、コンクリートブロックに向けて撃ち出された。十九メートルの距離で三十本の小型Ｄ粒子パイルは直径三メートルの円状に広がってコンクリートブロックに突き刺さった。コンクリートに直径十センチほどの穴が開く。もちろんコンクリートの標的を外したものもあったが、それは仕方ない。

五重起動の場合はコンクリートに三十センチの穴、七重起動の場合はコンクリートに七十センチの穴が開いた。リッパーバードを仕留めるには十分な威力だ。

『実際に命中するかどうかを確かめなくてはいけません』
「そうだな。それに早撃ちの練習をしなきゃな」
賢者システムに『マルチプルアタック』を登録した後、早撃ちの練習をしてから帰った。

俺は『ブーメランウィング』と『マルチプルアタック』を実戦で確かめるために、水月ダンジョンの二十四層に向かった。一日半で二十四層の荒野エリアに到着した俺は『ブーメランウィング』を発動し、逆V字ウィングを出して乗る。逆V字ウィングは、空気力学的な事を考慮すると賢い選択とは言えない。なのに、この形状を選んだ理由は、横に並んだ魔物を魔法で攻撃する場合に邪魔にならないという一点だけだ。

飛び上がるとリッパーバードを探し始めた。五分ほど空を飛び回っていると、左の方角に発見したのでリッパーバードに向かって飛ぶ。その飛行速度は時速九十キロほどである。リッパーバードが鳴き声を上げながら鳴放刃を撃ち出したのに気付き、右旋回して鳴放刃を躱す。この時、横Gが身体を圧迫したが、シートが身体を包み込むようにして支えてくれた。

「よし、いいぞ」

『ウィング』より操縦しやすい。と言っても、操縦自体は思考制御なので乗り心地の問題である。リッパーバードが追い掛けてきた。上昇して宙返りするとリッパーバードの後ろに張り付く。そして、飛行速度を時速百八十キロまで上げて距離を詰めると、五重起動の『マルチプルアタック』を発動。三十本の小型Ｄ粒子パイルが飛び出してリッパーバードへ向かう。リッパーバードは避けようとしたが、小型Ｄ粒子パイルが放射状に広がる範囲から脱出できなかった。二本の小型Ｄ粒子パイルがリッパーバードを貫いて落下させる。俺はリッパーバードを追って急降下した。この時もＧが身体を圧迫するが、以前の時より楽だ。落下途中でリッパーバードの姿が消えた。魔石となって落下したのだろう。俺は魔石を諦め、別のリッパーバードを探した。

その後、リッパーバードを四羽仕留めて満足した。『ブーメランウィング』と『マルチプルアタック』が実戦で使えると証明されたのだ。着陸すると逆Ｖ字ウィングから降り、二十五層へ向かった。

二十五層は森林エリアで、身長二メートル半もある白い大猿ホワイトコングとカメレオンのように体の色を変える大カマキリのアサシンマンティスが居る。ホワイトコングはすぐに発見できるので、トリプルコールドショットの一撃で仕留める事ができた。だが、アサシンマンティスは厄介だ。

『センシングゾーン』を使っていないと発見が遅れるのだ。ジッとしているアサシンマンティスは、『センシングゾーン』を使っていても気付けない事がある。動いた瞬間に気付くのだが、三重起動の『プロテクシールド』を発動するだけで精一杯のタイミングだったりする。これにはゾッとした。

人間ほどの大きさのカマキリが急に姿を現し、大きな鎌で攻撃してくるのだ。心臓に悪い。アサシンマンティス用に本物の盾を用意した方がいいかもしれない。ただアサシンマンティスは見付けてしまうと、倒すのは難しくない。三重起動の『オーガプッシュ』を叩き付けて弾き飛ばし、クイントブレードで首を刎ねれば良い。

『苦労しているようですが、手伝いましょうか？』

「メティスか、何ができるんだ？」

『まずは、アサシンマンティスの発見です。私は魔力を感知できますから』

「そうだったな。だが、魔力を放出する事になる。大丈夫なのか？」

メティスが魔力切れになる事を心配した。そう言えば、メティスのエネルギー源は何なのだろう？

『実は魔力の充塡が必要です』

「俺が魔力を流し込めばいいのか？」

『いえ、純粋な魔力が必要なので、魔石リアクターを使わせてもらえませんか？』

人間が放出する魔力は、純粋な魔力ではないそうだ。人間の体内で発生した魔力は、人の意志が混ざるらしい。マジックポーチから魔石リアクターを取り出し、いくつかの黄魔石を装塡する。そして、メティスを魔石リアクターの上に置く。魔道具である魔石リアクターの操作はメティスが行う。魔石リアクターからオレンジ色の光が漏れ出し、その色にメティスが染まり表面に綺麗な模様が浮かび上がった。俺は周囲を警戒しながら、メティスが魔力充塡を終えるのを待った。

『終了しました』

メティスの魔力充塡には、黄魔石〈小〉が五個必要だった。ちなみに普段の魔力充塡はダンジョン内に漂う希薄な魔力を吸収しているらしい。それで最低限の魔力は確保できていたようだ。その後、メティスがアサシンマンティスを見付けだしてくれたので、攻略は順調に進んだ。

『右手の木に、アサシンマンティスが張り付いています』

木の幹をクイントブレードで斬り付ける。するとアサシンマンティスが姿を現し、地面に倒れた。メティスの助けを借りて、二十五層の森林エリアを攻略して二十六層へ下りた。

この二十六層は湖エリアのような場所だった。但し、満たされている液体は海水だ。海エリアという事になるのだろう。普通は船が必要なのだが、俺には『ウィング』があるので不要だ。『ブーメランウィング』ではなく『ウィング』なのは、魔力節約のためである。

この海には海ピラニアとクラーケンが棲息しているらしい。船だと大変だが、空中を飛ぶのなら楽なエリアだ。海を渡って二十七層に下りた俺は、そこでスケルトンの街を目撃した。ここで遭遇する魔物は、すべてスケルトンだ。だが、スケルトンアーチャーやスケルトンメイジも居るので、気の抜けないエリアとなっている。

特にスケルトンメイジは、独特の魔法を使うので警戒が必要だ。スケルトンアーチャーと遭遇、三十メートルほどの距離がある。その時に目にしたのは、白い弓を引き絞った魔物が矢を放つ瞬間だった。俺は三重起動の『プロテクシールド』を発動。D粒子堅牢シールドが目の前に現れ、スケルトンアーチャーの矢を弾いた。

『オートシールド』を発動する。この魔法は便利な魔法なのだが、五分ほどしか効果を発揮しない。もう少し長く効果が続くなら、常時発動というのを考えても良いのだが。俺はD粒子堅牢シールドの後ろから出ると、スケルトンアーチャーに向かって走り始めた。間合いが遠すぎて生活魔法が届かないのだ。十メートルほど走った時、二射目の矢が飛んできた。横に跳んで避けるとまた走り出す。こういう時には射程の長い魔法が欲しい。そう思いながら三重起動の『マルチプルアタック』を発動した。『ジャベリン』ではなく『マルチプルアタック』を選んだのは、走りながらだと命中率が悪くなるからだ。三十本の小型D粒子パイルが飛び、その中の一本がスケルトンアーチャーの頭蓋骨（ずがいこつ）を貫いた。

「ふうっ、やったか」

骨の魔物が姿を消したのを確かめて走りを止める。スケルトンアーチャーが居た場所には、黄魔石〈中〉が落ちていた。それを回収してマジックポーチに仕舞う。

「『プロテクシールド』を固定型にしたのは間違いだったかな」

『間違いだとは言えないと思います。自由自在に動かせるような魔法ですと、発動に時間が掛かるようになります』

そうなのだ。自由自在に動かせる『ウィング』などの魔法だと、発動するまでに少しだけ時間が掛かる。咄嗟（とっさ）に発動する場合が多い『プロテクシールド』は、それではダメなのだ。

「最初の一撃は、『プロテクシールド』で防いで、可動式の『プロテクシールド』を別に発動するというのもありか」

『それなら、ファイアドレイクの火炎ブレスを防げる防御魔法、というのはどうでしょう』

ファイアドレイクとの戦いは空中戦になると予想している。空中戦で火炎ブレスを防ぐというのは困難だ。

「空中戦で火炎ブレスをどうやって防ぐのかが、問題だな」

『磁気を使って、防げないのでしょうか？』

メティスは太陽風を地球の磁気バリアが防いでいるという情報をテレビから仕入れ、アイデアを出したようだ。

「電磁バリアみたいなものか。本当にできるのだろうか？」

『新しい特性を創れば、可能になるのではありませんか』

「なるほど、磁気を制御する特性か。これはD粒子一次変異の範囲内か」

D粒子一次変異は、D粒子を熱エネルギーや電気エネルギーに変える事ができる。ならば、磁気エネルギーにも変えられるだろう。俺はワクワクして来た。磁気を制御するという特性は様々な事に利用できそうな気がしたからだ。但し、最初に考えていた可動式の『プロテクシールド』の話からは外れている。

「よし、二十七層の攻略は中止して戻ろう」

俺は引き返し始め、二十層の中ボス部屋に戻る。中ボス部屋には誰も居なかった。野営の準備をしてから、メティスと一緒に磁気を制御する特性について話し合う。

『D粒子から作り出される磁気は、磁気みたいなものであり、本物の磁気とは異なるものにしましょう』

メティスの提案に、俺は首を傾（かし）げた。

「どういう意味だ？」

『本物の磁気だと制御が難しくなります。そこで思考制御できる磁気エネルギーというものを創り出せば、良いのではないかと思ったのです』

メティスが難しいものを要求してきた。本当にそういうものができるのだろうか？　疑問が残るがメティスはできると言う。俺は試してみる事にした。マジックポーチから『痛覚低減の指輪』を取り出し、右手の人差指に嵌（は）めた。そして、賢者システムを立ち上げ、新しい特性を創り始めた。あの頭痛が始まり、それを耐えた。五分が経過しても終わらず、十二分が経過した時に終わった。

「はあっ、今回は長かった。難しい特性を創る時は、制作時間も長くなるのか」

少し休んでから賢者システムを確かめると、D粒子一次変異に〈磁気制御〉が追加されていた。新しい特性を手に入れた俺は、どういう魔法を創るか考え始めた。磁気を操作するには、核となるD粒子磁気コアが必要であるらしい。形状をどうするか悩んで、持ち運びが簡単な数珠型のネックレスにする。

新しい魔法にはD粒子一次変異の〈磁気制御〉とD粒子二次変異の〈堅牢〉を組み込む事にした。〈堅牢〉の特性を組み込む事にしたのは、メティスの勧めである。

『〈磁気制御〉だけでは、脆い防御壁にしかならないと思うのです』

「でも、〈堅牢〉を付けても、D粒子磁気コアが頑丈になるだけのような気がするけど」

『いえ、D粒子の形成物に特性が付いている場合、それが引き起こした魔法効果にも影響を与えるはずです』

メティスは生活魔法について何かを知っているようだ。もしかすると、ダンジョンアーカイブというものから情報を引き出しているのかもしれない。魔法の細かい条件などはメティスに任せた。俺はメティスの指示に従って賢者システムを操作する。今回は俺とメティスの合作という魔法が出来上がった。この新しい魔法を発動すると、数珠型のネックレスのようなＤ粒子磁気コアが首の周りに形成される。

『使ってみてください』

「そうだな。まずは身体を覆うようにドーム状の磁気バリアを展開してみよう」

俺はＤ粒子磁気コアを使い、ドーム状の磁気バリアを展開した。

「磁気バリアが、展開しているのかどうか分からないな」

『磁気は目に見えませんから、銅リングを投げてみてください』

その言葉に従いマジックポーチから銅リングを取り出すと前方に投げた。一メートルほど離れた場所で何かに当たって跳ね返った。前後左右のどちらの方向に投げても、銅リングは跳ね返された。どうやらバリアは展開されているらしい。

「何か、イメージと違う気がする」

『何が違うというのですか？』

「磁気のバリアだから、跳ね返すのではなくて、軌道を逸らすような動きをするのかと思っていた」

『もしかすると、〈堅牢〉の特性が、予想以上に強く影響しているのかもしれません』

俺はドーム状の磁気バリアを解除して、十メートル先に壁状の磁気バリアを展開させる。この新しい魔法の特徴は、思考制御によりイメージする形状の磁気バリアを十メートル以内なら形成できるという事だ。

展開した壁状の磁気バリアに向かって、銅リングなしのクイントヒートシェルを撃ち込んだ。磁気バリアに命中したD粒子シェルはメタルジェットは噴出せずに爆発した。その爆炎が磁気バリアを叩くが、完全に跳ね返される。その瞬間、D粒子磁気コアを構成している球状の珠が僅かに小さくなった。クイントヒートシェルの爆炎を跳ね返すためにD粒子が消費されたのだ。

この魔法の優れている点は、敵の攻撃力が強くなれば自動的にD粒子を消費して磁気を強化するところにある。問題はファイアドレイクの火炎ブレスが、どれほど強力なのかである。冒険者ギルドの資料には、攻撃魔法の『プロミネンスノヴァ』に匹敵するとあったので、試してみなければならない。


翌日、二十七層へ向かった。新しい魔法を試してみるためである。二十七層へ下りた直後に、新しい魔法を使ってD粒子磁気コアを形成して身体の周りにドーム状の磁気バリアを展開してから進み始める。ほどなくスケルトンアーチャーと遭遇し、矢が飛んできた。俺は反射的に三重起動の『プロテクシールド』を発動する。その矢はD粒子堅牢シールドに当たる前に、磁気バリアで弾かれた。

「良かった、ちゃんと機能した」

『機能しないと予想していたのですか?』

「そういう訳ではないが、磁気は見えないから不安だったんだよ」

俺は磁気バリアを展開したままスケルトンアーチャーへ近付いた。その間に矢が飛んできたが、磁気バリアに弾かれた。

「あの矢は鉄製でもなさそうだけど、何で弾かれるんだ？」

『あらゆる物質は何らかの磁性を持つと言われていますから、磁気バリアに衝突した場合、何らかの影響を受けるはずです。ただ〈堅牢〉の特性が磁気自体に影響している可能性がありま
す』

「ふーん、分からん。科学では説明できないから魔法なんだけど……」

『私も正確な事は分かりません』

まあ、バリアとして機能するのなら文句はない。俺はスケルトンアーチャーに近付いてクイントブレードで切り裂いた。その直後、黒い炎が飛んできた。反射的に横に避けようとする前に磁気バリアに弾かれた。黒い炎はスケルトンメイジの魔法だった。俺はスケルトンメイジに走り寄り、トリプルハイブレードで仕留めた。

磁気バリアが魔法も防げると分かり安心した。ただ、なぜ防げるのかは分からない。魔法の炎は反磁性体なのだろうか？　ちなみに、磁場の中で反発するような磁性を示す物質を『反磁性体』と呼ぶ。

新しい魔法の御蔭で二十七層の攻略が進んだ。スケルトンアーチャーとスケルトンメイジは

黄魔石〈中〉を残すので、黄魔石を大量に手に入れる事ができた。二十八層への階段を探し当て、その階段を下りる。二十八層は真っ白な雪原エリアだった。

「寒い。防寒装備が必要だな。今回はここまでにして戻ろう」

俺は地上に向かって戻り始める。

二日掛けて地上に戻り冒険者ギルドへ向かう。冒険者ギルドは少しザワザワしていた。カウンターで黄魔石以外の魔石を換金してから、ざわついている理由を確認した。

「鳴神ダンジョンの入り口周辺の土地を国が買い取り、一般の冒険者がダンジョンへ入れるようになったからです」

マリアが説明してくれた。入れるようになったと言っても、C級以上の冒険者に限られる。それでも鳴神ダンジョンの詳細が分かるようになるので、ざわついているらしい。それを聞いて、俺も早くC級になって鳴神ダンジョンに挑戦したいという気持ちになった。新しい上級ダンジョンでは、新しい魔道具や新しい魔法の巻物が発見される事が多いのだ。

それを考えると焦るような気持ちになる。だが、C級になるには、まずファイアドレイクを倒さなければならない。焦りは禁物だ。まずは二十八層と二十九層を攻略しなければ。

俺はマンションに戻って、新しい魔法に名前を付けた。『マグネティックバリア』である。賢者システムにも登録した。この魔法は『ブーメランウィング』と同じで、習得できる魔法レベルが『14』となった。

『マグネティックバリア』を完成させた俺は、久しぶりにアリサたちと会った。アリサたちは全員が大学へ行く事にしたようだ。アリサと由香里は渋紙市の隣にある三坂市の三坂魔法大学、天音（あまね）と千佳（ちか）は地元の渋紙大学を目指す事にしたらしい。アリサたちはそれぞれの魔法才能に合った学科を目指すらしいが、由香里が生命魔法を学びたいと言い出したのには驚いた。その由香里に『マグネティックバリア』のテストを頼んだ。了承してくれたので、俺たちは有料練習場へ行った。

「グリム先生、その『マグネティックバリア』というのは、防御用の生活魔法なんですよね？」

由香里が尋ねてきた。

「そうだ。ファイアドレイクと戦う時に使おうと思っている」

皆が驚いた顔をする。

「もしかして、単独でファイアドレイクを倒すつもりなんですか？」

天音が興奮した様子で尋ねてきた。他の三人も目をキラキラさせて俺を見ている。

「C級冒険者になりたいんだよ」

ファイアドレイクを倒すと、C級の昇級試験を受ける資格が手に入る事を教えた。

「でも、ファイアドレイクは強敵ですよ」

アリサが心配そうな顔で声を上げる。

「十分に調べたから分かっている。その上で準備していたんだ」

「と言うと、ファイアドレイクを倒せる目処が立ったというのですか？」

「それはまだだけど、もう少しというところなんだ」

俺はコンクリートブロックの前に丸太を持ってきて立てた。これを標的として由香里に『プロミネンスノヴァ』を放ってもらう事にする。『マグネティックバリア』を発動し、D粒子磁気コアを形成する。そして、標的の丸太の周りに磁気バリアを展開した。

「よし、いいぞ」

声を上げると、由香里が丸太に向かって『プロミネンスノヴァ』を発動した。螺旋状に渦を巻きながら伸びた炎の帯が丸太に向かい、その直前で何かに当たって跳ね返される。

「あっ！」

由香里が驚きの声を響かせた。アリサたちも驚いた顔をしていた。

「凄い、これでファイアドレイクの火炎ブレスも大丈夫という事ですね？」

天音が嬉しそうに言う。

「実際に試してみないと分からないが、大丈夫だと思っている」

アリサが首を傾げた。

「でも、実際に試してダメだった時は、どうするんです？」

「十メートル前方に磁気バリアの壁を展開して、それが破られるようなら避ける」

アリサが頷いた。

「なるほど。その避ける余裕を作り出すために、十メートル前方に展開するんですね」

空中戦の時なら急降下か急上昇、地上戦だったら『カタパルト』を使って避ける事になるだろう。

「この魔法は、いつ頃魔法庁に登録するのですか？」

千佳が尋ねた。

「当分はしないつもりだ」

「どうしてです？」

「登録しても、習得できる魔法レベルが『14』なので、誰も使えない」

俺以外で一番魔法レベルが上なのがアリサたちなのだ。これから受験勉強を頑張る期間になるので、大学に合格するまでは魔法レベルを上げられないだろう。そうなると、登録しても誰も使わない事になる。

登録しない事で心配となるのは、ダンジョンで巻物としてドロップし、他の冒険者が魔法庁に登録する場合である。その確率は、ほとんど無視して良いほど低い。ダンジョンでドロップする魔法陣の巻物は、倒した者の魔法レベルも影響するらしい。例外はあるらしいが、生活魔法の魔法レベルが『14』を超える者は俺以外に居ないと思われる現状では、ドロップはないだろう。それに賢者システムで創られた魔法は、それが一般に広がらないとドロップしないようなので、益々確率は低くなる。

賢者システムの部分を除いて説明してから、金銭面についても説明する。

「魔法庁の登録制度は、特許制度を参考にして作られたので、有効期限があるんだ。そして、年ごとに登録更新料を払わなければならない」

有効期限が切れた後にその魔法の需要が高くなって、登録者には一銭もライセンス料が入らなかったという実例もあるらしい。

「へえー、魔法庁に登録するタイミングというのも、難しいのですね。あたしたちは『プロテクシールド』を登録したんですけど、良かったんでしょうか？」

天音が質問した。

「『プロテクシールド』は、魔法レベルが一桁台の魔法だし、防御用の魔法は全体的に少ないから、それなりに需要があると思う。ただ生活魔法自体がメジャーではないので、魔法庁に行って『プロテクシールド』の魔法陣を購入する冒険者が、どれほど居るかが問題だ」

週刊冒険者に生活魔法の記事が出たので、少しずつだが生活魔法が使えるという情報が広がっている。だが、まだまだマイナーな存在なのだ。

「ダンジョンで生活魔法使いが活躍し、それが新聞記事になるくらいじゃないとダメだという事ですね」

天音が目を輝かせている。やる気になった証拠だが、アリサが止める。

「待って、活躍するのは大学に合格してからよ。渋紙大学の魔法学部は簡単に入れるレベルじゃないから、勉強しなきゃ」

天音は肩を落とした。天音は本来付与魔法使いである。二年生までは生活魔法ばかりを勉強したので、付与魔法が伸びなかった。その事で両親から叱られたらしい。せっかくの才能を無駄にするなというのだ。それから雑談してから、アリサたちと別れた。


冒険者ギルドへ行くと、鳴神ダンジョンの情報が入ったらしく騒がしい。鉄心を見付けたので、どんな情報なのか尋ねた。

「鳴神ダンジョンの一層は、森林と草原になっているんだが、二層へ下りる階段がある森にブルーオーガが居たそうなんだ」

ブルーオーガが鳴神ダンジョンの一層に棲み着いているのなら、C級の昇級試験を渋紙市の冒険者ギルドで行える事になる。

「上級ダンジョンに潜るような冒険者なら、ブルーオーガを瞬殺して二層へ行ったんでしょ」

「ところが、紅い鎧を装備していたというんだ。かなり防御力の高い鎧で、倒すのに苦労したらしい」

紅い鎧？　何で作られているのだろう。未知の金属か、それとも魔物の素材なんだろうか？

「ブルーオーガなのに、紅い鎧を装備しているなんて、ちょっとどうかと思わないか？」

鉄心がニヤニヤしながら言った。

「いいじゃないですか。ブルーオーガのファッションセンスなんですよ」

装備品だからファッションセンスではないと思うが、質問が適当だから答えも適当だ。気になるのは、どんな武器を使っていたかである。それを鉄心に尋ねた。

「蒼銀製の戦鎚だ。そんな武器を持つ魔物が一層に居るというのが驚きだ」

「さすが上級ダンジョンというところです。しかし、蒼銀製の戦鎚か。ブルーオーガの力で振り回されたら、必殺の武器になる」

と言っても、戦鎚の間合いに入るつもりはない。『パイルショット』か『コールドショット』の間合いで倒すのが良いだろう。情報をくれた鉄心に礼を言ってから資料室に向かった。ファイアドレイクと魔法について調べるためだ。ファイアドレイクを仕留めるには空中戦で魔法を命中させる必要がある。

機敏に飛翔するファイアドレイクに、どうやって命中させるかが問題なのだ。『フライ』を使ってファイアドレイクと空中戦をした攻撃魔法使いの報告を読み返した。

「ん、ファイアドレイクは、空中戦で近付かれるのを嫌がったのか」

ファイアドレイクは、三十メートルより近くに攻撃魔法使いを近寄らせなかったようだ。

『三十メートルでは、生活魔法の攻撃が届きません』

メティスの声が頭の中で響いた。

「そうだな。だけど、今回はこちらの方が飛行速度で勝っている。それを利用して近付けるはずだ」

『強引に近付いて、魔法を放つのですね。命中するでしょうか？』

「どうだろう」

追われているファイアドレイクは、必死で逃げ回るだろう。直進しかしない魔法では、命中させるのが難しいだろう。俺とメティスは、ファイアドレイクが逃げ回るという前提で話している。それはファイアドレイクが警戒心の強い魔物だからだ。

『それに火炎ブレスで、反撃してくるかもしれません』

「その恐れもあるか。至近距離から火炎ブレスとか浴びたくないな。強引に近付くというのも危険か」

『射程を伸ばす方法はありませんか？』

そうだ。D粒子の形成物を魔力でコーティングすると形を維持できると分かっている。ならば、魔力でコーティングしたものなら射程を伸ばせるかもしれない。俺はすぐにでも試してみたくなって有料練習場へ行った。一番大きな練習場を借りて中に入る。賢者システムを立ち上げ、D粒子で長さが三十センチほどある短剣の刀身のようなものを形成し、魔力でコーティングした後に撃ち出すような魔法を創った。

標的のコンクリートブロックから五十メートルほど離れた場所で、新魔法を発動する。赤く輝くD粒子ダガーが形成されコンクリートに向かって飛ぶ。D粒子ダガーがコンクリートに命中して跳ね返された。

実験は成功だったが、重大な事に気付いた。魔力でコーティングすると多重起動ができず、多重起動による相乗効果を発揮できない。生活魔法において威力を上げる基本的な方法は二つ。多重起動と大量のD粒子を集めるというものだ。多重起動ができないのなら、大量のD粒子を集めるしかなかった。

俺はD粒子ダガーを全長二メートルほどに巨大化させ、できる限り飛翔速度を上げた。発動すると、D粒子ダガーではなくD粒子グレートソードみたいなものが目の前に現れた。それが高速で標的に向かって飛んだ。D粒子グレートソードがコンクリートにガツンと音を立てて突き刺さる。

『射程は伸びましたが、威力が足りません。それに命中するかどうか？』

「そうだな……こいつに〈放電〉の特性を付加して、命中前にD粒子を電気に変えて放出してみよう」

そうする事で、稲妻のようなものを再現できないかと思ったのだ。

『面白いアイデアです。命中前というタイミングは、『センシングゾーン』の応用で探知させましょう』

賢者システムで新魔法を改良して『サンダーソード』を創り上げた。威力を試すために、コンクリートに向かって発動する。電流とは自由電子の流れだ。コンクリートに接近したD粒子サンダーソードのD粒子のすべてを自由電子に変えて前方に放出する。その瞬間、青白い稲妻がコンクリートに向かって空中を走り命中した。ドーンという凄まじい轟音が響き、コンクリートが火花を散らす。

焦げ臭いにおいが漂ってきた。コンクリートに目を向けると黒い焦げ跡が見え、中心部は溶けて溶岩のようになっている。

「電気が熱に変わったのか。威力は上がったけど、これで命中するんだろうか？」

『ファイアドレイクは、雷を引き付けやすいはずです』

「本当なのか？」

『ダンジョンアーカイブからの情報では、ファイアドレイクは体内に静電気を溜め込みやすい体質のようです』

ファイアドレイクは火炎ブレスを放つ時に、その静電気を利用して点火するらしい。最初に〈放電〉の特性を付加するアイデアを言った時に、メティスが賛成したのは、この情報を知っていたからのようだ。避雷針のような役割をファイアドレイクがするので、避けようとしても直撃するはずだとメティスは言った。

「これで仕留められるかどうかは、微妙なところだけど、地上に落とせば『コールドショット』で倒せるだろう」

『私もそう思います』

『サンダーソード』を何度も試して改良を加えた。ただ大量の魔力を消費する魔法なので、撃てる数は限られるようだ。取り敢えず、満足できるところまで改良したので賢者システムに登録した。但し、実戦で確かめていないので仮登録になる。今後も改良するかもしれないという事だ。ちなみに、習得できる魔法レベルは『13』になった。

これでファイアドレイクを倒すのに必要な魔法は揃った事になる。後は二十八層と二十九層を攻略して、三十層のファイアドレイクを倒すだけだ。そうだ。まだ防寒具を用意していない。帰りに買おう。

『サンダーソード』を創った三日後、水月ダンジョンの二十八層に居た。防寒着を着た俺は、クレイジーベアと対峙している。雪が降っており、雪の結晶が花びらのように肩に舞い降りた。

「こいつは意外と素早いな」

繰り出したクイントハイブレードを避けられた俺は呟いた。風が吹くと雪が舞い上がり視界を遮（さえぎ）る。戦い難い状況である上に攻撃を躱したクレイジーベアは意外に素早かった。このクレイジーベアは全長が四メートルほどある巨大熊である。アーマーベアほどのパワーと防御力はないが、とにかく素早かった。

「足元が不安定なのに、よく素早く動けるもんだ」

クレイジーベアが口を開けようとしている。

『警告！　例のあれが来ます』

メティスの警告で、俺はクイントオーガプッシュをクレイジーベアに向けて放った。大きく開けた口にオーガプレートが叩き込まれる。その瞬間、咆哮を上げようとしていたクレイジーベアが後ろに倒れた。こいつが発する咆哮は、人間の身体を麻痺させる魔法効果を持っているのだ。

『チャンスです』

俺はトリプルコールドショットを叩き込んだ。命中したＤ粒子冷却パイルの終端部がストッパーとして開き、大きな衝撃がクレイジーベアの肉体に叩き込まれる。クレイジーベアの口から血が流れ出し、バタリと倒れた。巨大熊の姿が消えて青魔石〈中〉が残される。俺は大きく深呼吸してから魔石を回収して雪原エリアの奥へと向かう。

「寒い、防寒着を着ていても寒いな。こんなところでクレイジーベアの咆哮を浴びて麻痺したら、簡単に凍え死ぬかも」

『暖房用の魔法でも創りますか？』

「こんな場所で、無駄な魔力は使いたくない。そんな事より、マップは作れているのか？」

『大丈夫です。あっ、敵です』

今度の魔物はスノーウルフの群れだった。体長が二メートルにもなる大きな狼の集団である。俺は五重起動の『マルチプルアタック』を発動した。三十本の小型D粒子パイルが目の前に現れ、狼の群れに向かって放たれた。放射状に広がった小型D粒子パイルが群れの半分に突き刺さる。

「こういう使い方もいいな」

牙を剝き出しにして顔を歪めて唸っているスノーウルフが、同時に五匹も襲い掛かってくる。俺はトリプルカタパルトで後ろに身体を投げ飛ばす。空中でもう一度五重起動の『マルチプルアタック』を発動した。三十本の小型D粒子パイルが放射状に飛び、三匹の狼に突き立った。残りの二匹が雪を蹴散らしながら迫ってくる。

至近距離にまで迫った狼に向かって、クイントブレードを横薙ぎに振り払う。一匹の首を斬り飛ばし、もう一匹の前足を切り裂いた。それから藻掻いている狼にトドメを刺す。ここは寒いし、魔石が雪に隠れてしまうので嫌いだ。

「本当に暖房用の魔法を創りたくなってきた」

愚痴りながらも二十八層を攻略して二十九層に下りた。二十九層は草原エリアだった。このエリアで遭遇する魔物は、ヒュージセンチピードである。長さ三メートル、幅三十センチの大きなムカデだ。一匹だったら倒すのは難しくない。だが、この草原エリアには大ムカデがウジャウジャと棲み着いているのだ。

その大ムカデが一斉に俺に向かってきた。それらに向かって五重起動の『マルチプルアタック』を発動する。十匹ほどの大ムカデが消えたが、残りが迫ってきた。

「これはダメだ」

俺はトリプルカタパルトを発動して身体を真上に投げ上げる。十メートル上空で投げ出された俺は、地面に平行になるように三重起動の『プロテクシールド』を発動した。D粒子堅牢シールドが空中に固定されると、その上に乗った。急いで『ウィング』を発動して鞍を付けると跨る。上から見下ろす草原には、無数の大ムカデがうごめいている。

「他の冒険者はどうやって二十九層を攻略しているんだろう？」

『『酔っぱらい隊』なら、強行突破すると思います』

冒険者ギルドで『酔っぱらい隊』を見た事があるメティスが即答する。これには、俺も納得した。あの漢（おとこ）たちなら笑いながら強行突破するだろう。俺は上空を飛びながら階段を探し、嫌なものを見付けた。階段の前に巨大な蛇がとぐろを巻いている。俺はちょっと蛇は苦手だ。

「よし、『サンダーソード』を使おう」

上空から攻撃する事にした。D粒子ウィングに乗った状態で『サンダーソード』を発動。目の前に赤い光を放つ大きな剣が現れ、巨大な蛇デススネークに向かって飛翔する。巨大蛇に接近すると、Ｄ粒子サンダーソードが先端部分のＤ粒子から自由電子に変換され放出される。

それは一匹の龍のようにデススネークに襲い掛かり、魔物の体内を焼きながら走り抜けた。内臓を焼き尽くされたデススネークは、空中に溶けるように消えた。そして、赤魔石〈大〉と何かをドロップする。着陸して急いで魔石とドロップ品を拾うと、階段に駆け込んだ。大ムカデが集まり始めていたからだ。

「ふうっ、やっと三十層まで辿り着いた」

階段に入った俺はホッとした。ドロップ品を確かめると中級治癒魔法薬である。骨折を含んだ重傷でも短時間で治すという薬だ。換金すれば数百万になるだろう。

「これは換金せずに仕舞っておこう」

これから上級ダンジョンに挑戦するつもりなので、これくらいは保険として持っておくべきだろうと考えたのだ。俺は階段を下りた。目的の三十層は岩と白っぽい土が広がる荒野だった。天井が高く、ファイアドレイクが自由自在に飛び回れる広大な空間がある。

「このエリア全体が、ファイアドレイクの棲み家か」

『魔力は、どれほど残っていますか？』

メティスの指摘で、俺は魔力カウンターを出して計測する。

「半分ほどだな」

『今から戦うのは無謀です。一泊してからにしましょう』

もっともだと思ったので、俺は野営の道具を出して階段で一泊する事にした。興奮しているのか、中々寝付けなかった。だが、いつの間にか眠りに落ちたらしい。


次に気付いた時には七時間ほど眠っていた。戦いに出るための支度をしてから三十層に足を踏み入れた。空気が乾いているように感じる。川や湖がないので実際に空気が乾燥しているのだろう。ファイアドレイクを探して進み始める。地上に居る時に奇襲を掛けられたらベストなのだが、そんな幸運を期待するほど甘くはない。

三十分ほど進んだ時、前方の丘にファイアドレイクが着地しているのが目に入った。

「えっ、まさかの幸運？」

どうやら飛ぶのに疲れて休憩しているようだ。俺は後ろに回り込んで気配を消して近付いた。なるべく気配を消して近付いたつもりだった。だが、俺の気配に気付いたファイアドレイクが長い首を上げ、こちらへ視線を向けると凄まじい咆哮を上げた。クレイジーベアのような魔法効果はないが、十分に敵を怯(おび)えさせる迫力がある。俺は『サンダーソード』を発動しようとしたが、遅かった。

大きな翼を広げたファイアドレイクが、強烈な風を巻き起こしながら空中に飛び上がった。あの巨体で飛ぶには筋力だけではダメだろう。何らかの魔法が働いていると思うが、俺には分からない。

俺は急いで『ブーメランウィング』を発動。出現した逆V字ウィングに乗り込むと自動的にシートベルトが締まる。空中に飛び上がった俺は、ファイアドレイクを追った。中ボスであるファイアドレイクは、悠然と空を舞っている。だが、俺が飛び上がったのに気付いて近付き始めた。

それを見た俺は、『マグネティックバリア』を発動する。俺より高い位置を飛んでいるファイアドレイクは、見下ろしながら急降下してくると大きく口を開ける。その瞬間、斜め上に磁気バリアの壁を展開した。ファイアドレイクが俺に向かって火炎ブレスを吐き出す。火炎放射器から噴き出したような火炎の帯が磁気バリアにぶつかって弾き返された。D粒子磁気コアを確認すると、その大きさが目に見えて小さくなっていく。D粒子を消費して磁気バリアの強度を高めているのだ。

俺とファイアドレイクが空中で交差した。俺は左旋回しながら高度を上げる。ファイアドレイクは反対の方角に旋回した。円を描いて元の空域に戻った時、ファイアドレイクも一周して俺に向かってきた。『サンダーソード』の準備をする。この魔法の最大投射距離は二百メートルほどになるが、有効射程は八十メートルほどだ。

本格的な空中戦は初めてなので、距離感が摑めなかった。どうやら有効射程に入る前に『サンダーソード』を発動させたようだ。ファイアドレイクがD粒子サンダーソードに向かって火炎ブレスを吐き出した。その御陰でD粒子サンダーソードが誤動作を起こす。接近する前にD粒子が自由電子に変わり、ファイアドレイクに向かった。稲妻が空中を走り、ファイアドレイクに命中。だが、距離があったので威力が落ちていた。電気が途中で木の枝のように分散してしまったのである。

ファイアドレイクは苦痛の叫びを上げ、一瞬だけ麻痺した巨体が高度を落とす。だが、一瞬だけですぐに羽ばたき距離を取り始めた。俺は逃げて行くファイアドレイクを追った。最大速度の時速百八十キロで追い掛けると、ゆっくり近付いていく。それに気付いたファイアドレイクが右旋回する。

俺も右旋回をするが、こちらの飛行速度が速いためなのか大回りになる。空中機動ではファイアドレイクが上だと感じた。また少し距離が開いたので、懸命に追い掛ける。

「空中戦は難しい」

『弱音を吐いている場合ではありません。もう少しで『サンダーソード』の有効射程に入ります』

『サンダーソード』を発動しようとした時、ファイアドレイクが左旋回する。俺は慌てて左旋回して追随したが、また距離を離された。その後、何度も接近したが、尽く攻撃する直前に旋回して逃げられる。

「今度こそ攻撃してやる」

必死で追い掛けて距離を詰めた時、ファイアドレイクが翼の角度を変えて急減速しながら高度を下げた。咄嗟の事なので対応できずに惰性で直進していると、下の方からゾッとする殺気を感じる。見下ろすと急減速したファイアドレイクが、こちらを見上げて口を開けていた。

「火炎ブレスか！」

俺は逆V字ウィングの下に磁気バリアを展開した。その磁気バリアに高温の火炎ブレスが命中する。熱い。バリアの外側から漏れ出た熱気が、俺のところまで届いた。慌てて急上昇しながら宙返りする。火炎ブレスを吐き出し終わったファイアドレイクは、今までとは逆方向へ向かって飛んでいた。

『D粒子磁気コアの確認を』

メティスの声が頭の中で響く。胸に視線を向けると、D粒子磁気コアが消えそうなほど小さくなっている。『マグネティックバリア』を解除してから、もう一度発動した。

「どうしたらいいと思う？」

『ここは賭けるしかないと思います。ファイアドレイクは近付くと右旋回か、左旋回して逃げます。それを確認してからでは、どうしても遅くなるのです』

「どうしろと言うんだ？」

『近付いた瞬間、右か左か予想して、旋回を始めるのです』

「外れたら、大きく引き離される事になる」

『だから、賭けなのです』

その賭けに乗る事にした。飛行速度を上げファイアドレイクに近付く。そして敵が旋回するのではないかと思った瞬間、右旋回する。

「うっ、外れた」

ファイアドレイクは左旋回して離れていく。今回は追い付くまでに時間が掛かった。そして、もう一度接近した時、左旋回する。同じ瞬間、ファイアドレイクも左旋回した。ファイアドレイクとの距離が一気に縮まり、横に並んだ。ファイアドレイクに向かって『サンダーソード』を発動。D粒子サンダーソードがファイアドレイクに向かって飛ぶ。

接近したD粒子サンダーソードは、稲妻となってファイアドレイクに襲い掛かった。大電流を浴びた魔物がきりもみしながら落下していく。俺は急降下しながら追い掛けた。追撃してトドメを刺そうとした瞬間、逆V字ウィングの飛行速度がガクッと落ちる。

「このタイミングで時間切れなんて」

『ブーメランウィング』の効力が切れそうなのだ。俺は急いで着陸した。ファイアドレイクは少し離れたところに墜落したようだ。仕留めようと墜落地点に向かって走り出す。ファイアドレイクは大岩と大岩の間に墜落しており、激痛で叫んでいる。

駆け寄る俺に気付いたファイアドレイクは、血走った目でこちらを睨み大口を開けた。自分の周りにドーム状の磁気バリアを展開する。その磁気バリアに火炎ブレスがぶち当たり、磁気バリアを潰そうと荒れ狂う。D粒子磁気コアが目に見えて小さくなっていく。頭からサッと血が引いていくのを感じた。

磁気バリアはファイアドレイクの火炎ブレスを防ぎきった。洪水時の濁流のように押し寄せていた炎が消えた瞬間、ドーム状に展開していた磁気バリアを解除する。すると、周りの熱気が押し寄せてきた。俺はクイントカタパルトで身体を斜め上に投げ上げる。空中に放り出された俺の正面にファイアドレイクの巨体があった。近くで見る化け物は凄まじい迫力がある。

ファイアドレイクに向かってセブンスコールドショットを発動。凄まじい速度でD粒子冷却パイルが飛翔し、ファイアドレイクの右肩に命中する。D粒子冷却パイルの終端部分がコスモスの花のようにパッと開き、その凄まじい運動エネルギーをファイアドレイクの右肩に叩き込んだ。右肩の骨が粉々に砕け散り、ボコッと陥没する。そして、噴き出す血までも凍らせる追加効果を発揮した。空中を舞っていた俺は『エアバッグ』を使って着地する。

ファイアドレイクが狂ったように暴れまわり始める。手足や翼で俺を攻撃しようと接近してきたのだ。セブンスオーガプッシュをファイアドレイクに叩き付ける。弱体化していたファイアドレイクは、その一撃でよろめき後ろに倒れた。チャンスだと判断して一気に駆け寄った俺は、倒れているファイアドレイクの胸にセブンスコールドショットを撃ち込んだ。その一撃は絶大な効果を発揮した。胸の肋骨を叩き折り、胸の中心を陥没させ心臓や肺を凍らせたのである。ファイアドレイクは弱々しく藻掻いたが、最後には俺を睨んでから消えた。

体内でドクンと音がした。魔法レベルが上がったのだ。ホッとした俺は全身から力が抜け、その場に座り込む。

『お見事です』

メティスの声が頭に響いた。その時になって、顔や手がヒリヒリするのに気付いた。火炎ブレスの熱気を浴びた時に、軽い火傷を負ったようだ。マジックポーチから水のペットボトルを取り出して、ヒリヒリする箇所に水を掛けて冷やす。ペットボトル二本ほど使って冷やした後、タオルで拭いてから、こういう時のために買っておいた火傷用の軟膏を塗る。

「さて、ボスドロップを確かめよう」

俺はファイアドレイクが消えた辺りに行って探した。最初に黒魔石〈大〉を発見して拾い上げる。これだけで数年遊んで暮らせるだろう。次にファイアドレイクの牙を見付けた。これがファイアドレイクを討伐した証拠になるものだ。

「これは何だ？」

次に拾い上げたのは、フード付きのマントだった。鑑定モノクルを出して調べてみた。これは『保温マント』だと判明する。

俺が二十八層で寒いと言ったからなのか？　誰かが俺の行動を見ていたという事になる。ダンジョンに神様でも住んでいるのだろうか？

『それは何ですか？』

メティスが質問してきた。

「身体の周囲の気温を一定に保つマントだ。これは冬でも夏でも使えるものらしい」

『これを夏に身に着けたら、絶対変人だと思われます』

夏にフード付きのマントを羽織った自分を想像してみた。交番から警官が駆けつけて来るかもしれない。夏の使用は諦めよう。最後に見付けたのは、おしゃれな感じの腕輪？　いや二の腕に付けるアームレットだった。少し青みがかった金色の金属で出来ている。

鑑定モノクルで確認すると、『収納アームレット』という魔導装備だった。マジックバッグ系の魔道具をドラゴンは残すと聞いていたが、ファイアドレイクがこんなものを残すとは知らなかった。もしかしたら、ソロで倒したので特別なのかもしれない。鑑定モノクルで詳しいスペックを見てみると、縦、横、高さがそれぞれ十メートルの容量があるらしい。滅茶苦茶(めちゃくちゃ)高性能である。但し、時間遅延機能はないようだ。

俺が左の二の腕に嵌めると、自動的に縮んでフィットする。使い方は簡単だった。使用者が収納するものを見て収納すると思えば収納され、出したい場所を見て出そうと思うだけで出てくるようだ。

三十層の中ボスを倒したので、水月ダンジョンで最後の敵となるのはダンジョンボスとなる。但し、ここのダンジョンボスは厄介だった。魔法使いが幽霊となった『リッチ』と呼ばれるアンデッドなのだ。普通の剣や魔法では倒せず、聖属性の武器か生命魔法が必要になる。しかも強力な魔法が使えるので、倒すのが非常に難しいという。冒険者ギルドは挑戦して死ぬ冒険者が増えたので、ダンジョンボスに挑戦する事を禁止していた。

『三十一層以降のエリアに興味はないのですか？』

メティスが尋ねた。

「あるけど、上級ダンジョンに比べたら、月とスッポンだ」

どうして冒険者の多くが新しい上級ダンジョンを目指して集まるかというと、新しいダンジョンで最初に発見される宝箱には、特別なものが入っている場合があるからだ。その事をメティスに伝えると、興味を持ったようだ。

『後はＣ級の昇級試験を受け、合格するだけなのですね』

「そうだ」

俺は二日掛けて地上に戻った。冒険者ギルドでは、今日も鳴神ダンジョンの噂が飛び交っていた。Ｂ級冒険者の赤城が二層に下りてサラマンダーを倒したというものだった。サラマンダーはオークキング以上ファイアドレイク未満という強さの魔物だ。俺は受付でマリアを見付け、支部長に会いたいと申し出た。

「何かあったのですか？」

「いや、支部長と約束していた事があるんですよ」

俺は支部長室に案内された。

「グリム、約束というのは……まさか、例の化け物を倒したのか？」

「そうです。倒しました」

俺はテーブルの上に、黒魔石〈大〉とファイアドレイクの牙を載せた。近藤支部長が驚き、信じられないというように首を振った。

「本当にファイアドレイクを倒したのか。単独だったのだろ。よく倒せたな」

「支部長、約束ですよ。C級の昇級試験を受ける資格をお願いします」

「分かった。手続きをしよう」

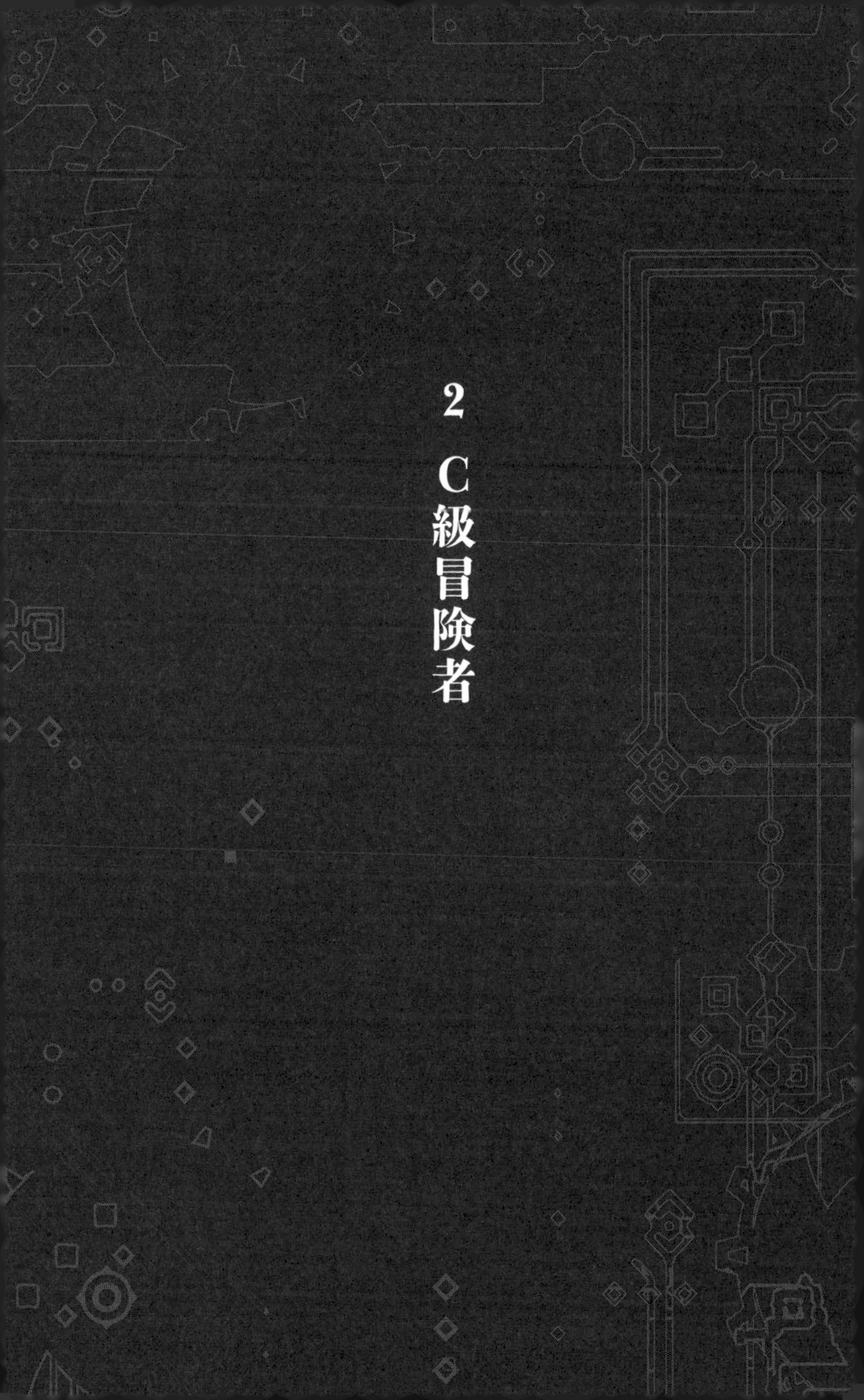

2　C級冒険者

昇級試験が認可されるまでに少し時間が掛かるようだ。俺は新しい魔法の練習をしながら、認可が下りるのを待った。定期的に冒険者ギルドを訪れて認可が下りたか確かめるのだが、冒険者ギルドの本部に書類が回っているらしく時間が掛かっている。そんな時、冒険者ギルドで鉄心（てっしん）と会った。

「ちょっと聞きたいんだけど、十八層の峡谷（きょうこく）エリアでムサネズミに邪魔され、谷に落とされそうになるんだが、グリムはどうしている？」

「十八層の崖の上から『ウィング』を使って、崖下まで下りています。偶（たま）に飛んでくるムサネズミも居ますけど、ほとんど邪魔されずに下りられますよ」

「やっぱり『ウィング』か。早く魔法レベル8になりたいぜ」

雑談している中で、昇級試験の話になった。

「ファイアドレイクを倒し、昇級試験の認可が下りるのを待っているところなんです」

鉄心が首を傾（かし）げた。

「C級の昇級試験は、ソロでブルーオーガを倒す事だったはず。ファイアドレイクを倒した後に、それより弱いブルーオーガを倒す試験なんて」

「ファイアドレイクを倒すという条件は、チームでも構わないというものだから、単独での強さを昇級試験で確認するんですよ」

「グリムには、必要ないいんじゃないか？」

「ただでさえ特別に認可してもらっているんだから、俺だけ免除するという訳にはいかないんです」

それから三日後、認可が下りた。俺が早速昇級試験の申請をすると、試験官がC級冒険者の石橋連(いしばしれん)に決まった。

その受験の日、自己紹介をしてから頭を下げた。

「今日はよろしくお願いします」

石橋は三十代後半の攻撃魔法使いで、攻撃魔法使いのバタリオンを設立すると発表して評判になった人物である。

「若いな。二十歳くらいだろ？」

「そうです」

「上級ダンジョンには、初めて入るんだろ？」

「D級の昇級試験を受けた時に、一度だけ入りました」

石橋と一緒に鳴神(なるかみ)ダンジョンへ行き、中に入った。このダンジョンはリアル型と呼ばれている。上級ダンジョンにはいくつか種類がある。その中でリアル型と呼ばれているダンジョンの特徴は、夜が訪れるという事だ。地上と同じように朝、昼、夜と時間の経過があり、一層ごとのエリアが広い。しかも広いエリアに様々な魔物が共存しており、気を抜けないダンジョンとなっている。

　鳴神ダンジョンの一層は、森林と草原が入り混じったエリアだった。ここには弱いゴブリンからブルーオーガまで棲息（せいそく）している。棲息している魔物の種類が確定しておらず、調査中の段階だった。俺たちは草原を奥へと進んだ。

「君は生活魔法使いだそうだね？」

「そうです」

「評判になっている君の生活魔法を見たいと思っていたんだ。途中で遭遇（そうぐう）する魔物も君に任せて大丈夫か？」

　以前は、生活魔法に対する評価が低かった石橋だが、俺の活躍を聞いて評価を変えたようだ。

「ええ、構いませんよ」

　今までの試験も、途中で遭遇した魔物は受験者が倒していた。初めから倒すつもりだったので、反対する理由はない。最初にゴブリン三匹と遭遇した。三匹が同時に襲い掛かってきたので、黒意杖（こくいじょう）の薙（な）ぎ払（はら）うような動作を引き金としてトリプルブレードを発動。D粒子のV字プレートが鋭い刃となって横に薙ぎ払われ、ゴブリンの首を連続で斬り飛ばした。

「ほう、凄（すご）いね。それは魔法レベルがいくつで習得できるのかね？」

「習得できる魔法レベルは『5』です」

　三匹を別々の魔法ではなく、一つの魔法で仕留める。これも魔力を節約する技術の一つだ。

奥に進むとオーク、リザードマン、リザードソルジャー、アーマーベアなどと雑多な魔物が襲ってきた。俺は全てを一撃で仕留めた。

「そう言えば、石橋さんはバタリオンを設立したんですよね？」

「ああ、水月ダンジョンの近くにバタリオン本部がある」

「どうして、バタリオンを運営しようと思ったのです？」

「四十歳が近くなって、後進の育成に力を貸そうと思い始めたんだ。まあ、自分の才能に限界を感じたからというのもある」

「限界？　でも、C級じゃないですか。相当稼いでいたはずですよね」

「金を稼ぐより、後進を育成する事にやり甲斐を感じ始めたのだよ」

　バタリオンではメンバー同士で情報を交換し、魔物の攻略法を文章で残すという事もしているらしい。こういう情報が受け継がれていくというのも大事な事だと思う。

「あの森がブルーオーガの棲み家だ」

　俺たちは森に入ってブルーオーガを探した。十五分ほど探した頃、目当てのブルーオーガと遭遇して自動的に戦闘開始となった。俺は黒意杖を構えて前に出た。ブルーオーガは身長三メートル、青い角を額から生やし蒼銀製の戦鎚を持っている。

　俺を目にしたブルーオーガは、咆哮を上げて襲い掛かってきた。戦鎚を振り上げたブルーオーガにクイントオーガプッシュを叩き込む。顔面に高速回転するオーガプレートが命中すると、ブルーオーガが一歩二歩と後退する。恐ろしい顔から血が流れ出し、怒気を含んだ叫びを上げて突進してきた。

もう一度クイントオーガプッシュを発動する。だが、ブルーオーガは横にステップして避け、地面の土を舞い上げるような強い踏み込みで俺に向かって跳躍する。五重起動で『プロテクシールド』を発動し、ブルーオーガの正面に固定する。ブルーオーガの戦鎚がD粒子堅牢シールドを叩いた。だが、D粒子堅牢シールドは耐えてブルーオーガの跳躍を止めた。

動きの止まったブルーオーガに、クイントコールドショットを発動。飛翔するD粒子冷却パイルを咄嗟に上半身を捻って躱すブルーオーガ。的を外したD粒子冷却パイルは、背後にあった大木に命中し幹を粉砕する。その大木が轟音を立てて倒れ、ブルーオーガが俺を睨んだ。

動きが慎重になったブルーオーガは、足元の石を拾って投げつけてきた。反射的に五重起動の『プロテクシールド』を発動しD粒子堅牢シールドで投石を防ぐ。その瞬間、目が追い付けないような速さでジグザグに動いたブルーオーガが戦鎚を振り上げる。俺はD粒子の動きでブルーオーガの位置を割り出し、セブンスオーガプッシュで迎撃した。

魔物の胸に命中したオーガプレートが、ブルーオーガを弾き飛ばす。ブルーオーガの突進力とセブンスオーガプッシュの威力が相乗効果を発揮し、巨体を大木の幹に叩き付けた。その衝撃で大きな木が揺れる。それから素早くクイントコールドショットを発動させ、D粒子冷却パイルをブルーオーガの胸に命中させた。その先端が魔物の心臓を貫き致命傷を与え、ダメ押しの追加効果で破壊した心臓を凍らせる。ブルーオーガは、赤魔石〈中〉を残して消えた。

「お見事」

石橋の声が聞こえた。

「生活魔法の素早い発動と威力は、驚異的だ。君が上級ダンジョンでも活躍できる事を認めよう。合格だ」

「ありがとうございます」

ブルーオーガを倒して地上に戻った俺は、冒険者ギルドに報告した。冒険者カードの更新が明日になるというので、その日は帰る事にする。

翌日、更新した冒険者カードを確認した。確かにC級になっている。冒険者カードを何度も見直し、そのたびに感動が込み上げてくる。

「グリム先生、いつまでも立っていられたのでは、邪魔になります」

受付の加藤(かとう)に言われた。

「あっ、済みません」

俺は待合室の長椅子に座り、これからどうするか考えた。もちろん鳴神ダンジョンを探索するのだが、このままソロで探索するのか、入れてもらえるチームを探すかという事だ。チームを探すのは難しいかもしれない。上級ダンジョンで活動するようなチームはチームが完成して

おり、新しく人を入れたがらない傾向があるのだ。チームワークが崩れるのを心配しているのだろう。

「このままソロで続けるか？　峰月（ほうげつ）さんみたいな冒険者にも、憧（あこが）れるんだけど」

その時、声が聞こえた。

「グリム先生」

声がした方に顔を向けると、タイチが立っていた。

「タイチか。何か用かい？」

「相談に乗ってもらいたい事があるんです」

俺は頷（うなず）いて二人で打ち合わせ部屋（べや）へ行った。椅子に座り、タイチに話すように促す。

「攻撃魔法使い三人とチームを組んでいるんですが、魔物を遠距離攻撃で仕留めてしまうので、僕の出番がないんです」

バランスが悪そうなチームなので、どういう戦闘スタイルなのか確認する。攻撃魔法使いたちが『マナウォッチ』で魔物の位置を確認してから、攻撃しやすい位置に移動して遠距離攻撃で仕留めるらしい。効率の悪い攻略のやり方をしている。攻撃しやすい位置に移動なんかしていたら、時間が掛かるだろう。攻撃魔法使いが三人も居るチームなので、接近戦になるのを嫌がっているのだ。どこで活動しているのか尋ねると、一層しかない草原ダンジョンだという。

「そういう戦い方が通用するのは、草原ダンジョンくらいだろう。水月ダンジョンに潜るようになったら、タイチの出番がくる」

「どうしてです?」

「水月ダンジョンを探索する時には、一日目は九層の中ボス部屋で、二日目は二十層の中ボス部屋で野営するのが基本だ。最短距離で移動しないと攻略できない」

「そうすると、魔物を攻撃するために移動する、なんて事ができなくなるんですね?」

「そうだ。それに四層のビッグシープは、魔法レベル6程度の攻撃魔法使いでは一撃で仕留められないから、絶対に反撃される。その時に接近戦ができる者が居ないと大怪我をするぞ」

俺はタイチと一緒に水月ダンジョンへ行った。そして、生活魔法使いの戦い方を教える。五層の森林エリアまで下り、オークやリザードソルジャーと戦う。タイチは『プッシュ』『コーンアロー』『ジャベリン』『ブレード』を駆使して戦っている。

「まだ遅いな。もう少し早撃ちの練習をすれば、いいかもしれない」

「でも、城ケ崎先生は、よく狙って必中を心掛けよ、と言うんです」

「一撃で倒せるだけの威力がある魔法だったら、それでもいいけど。タイチの生活魔法はそうじゃないだろ。魔物の攻撃を避けながら反撃するとなると、どうしても早撃ちの技術が必要なんだ」

ちょうどオーク三匹が同時に攻撃してきたので、三連続でトリプルブレードを発動してオーク三匹を斬り捨ててみせた。

「凄い。そんなに早く発動できるんですね」

生活魔法使いの戦い方を学んだ次の日、タイチが学院へ行くと予想もしなかった出来事が待っていた。西根（にしね）がタイチに近寄って告げる。

「タイチ、お前のトレードが決まった」

「トレードって、何だよ？」

「他のチームと入れ替えを行う事にしたんだ。お前は攻撃魔法使いの前園（まえぞの）とトレードする事になった」

担任の先生から許可も取っているらしい。タイチはG級のメンバーばかりが集まるチームにトレードされた。

「それじゃあな。頑張れよ」

西根がニヤッと笑って去っていった。

「何が頑張れよだ！」

タイチが吐き捨てるように言った。それを聞いていた女子生徒が同情するような目でタイチを見る。

「あなたと同じチームになる分析魔法使いの田畑ヒカルよ。チームメイトを紹介するから来て」

タイチが付いて行くと、教室の隅で二人の生徒が待っていた。一人は付与魔法使いの木元郷、もう一人は生活魔法使いの三村サナエだ。クラスメイトは、現時点で戦力にならないと思われる者をこのチームに集めたらしい。タイチはなぜ自分も、と思った。これでもF級冒険者であり、実績もトップクラスだったからだ。西根たちは攻撃魔法使いだけでチームを固めたかったのだろう。タイチが溜息を吐いた。

「おれたちを見て、溜息を漏らす事はないだろ」

郷の声に、タイチは謝った。

「ごめん、そうじゃないんだ。前のチームの連中が馬鹿な事をしたんで、呆れていたんだよ」

ヒカルが首を傾げる。

「馬鹿な事というのは、何なの？」

「あいつら攻撃魔法使いだけ四人でチームを組んだんだ。魔物と接近戦になったら、全滅するかもしれない」

「そういう事……でも、それだけ攻撃魔法に自信があるのかも」

タイチは肩を竦め、自己紹介を始めた。幸いな事に三人とも生活魔法の才能があった。分析魔法使いのヒカルと付与魔法使いの郷が『D』、生活魔法使いのサナエが『C』だという。これはこれで良かったのかもしれない。

「そう言えば、三村さんは生活魔法使いなのに、生活魔法部に入っていないよね？」

「あたしが冬休みに転校してきたからかな。誰からも誘われなかった」

タイチはサナエが転校してきたのは知っていたが、生活魔法使いだとは知らなかったのだ。その頃は自分の事だけで手一杯で、他人の話を聞いていなかった気がする。

「ごめん、僕が誘うべきだった。という事で、全員生活魔法部に入る事にしよう」

ヒカルと郷が首を傾げた。

「私は分析魔法使いよ」

「おれは付与魔法使いだ」

「将来的には、付与魔法や分析魔法の魔法レベルを上げるとしても、最初は生活魔法の魔法レベルを上げて、ダンジョンで活動できるようにならなきゃ」

タイチはチームメイトたちに生活魔法を教えて、鍛えようと考えた。

「カリナ先生やアリサさんたちに相談しよう」

タイチは新しいチームメンバーに『プッシュ』と『コーンアロー』を覚えてもらう事にした。そして、メンバーに生活魔法の凄さを知ってもらうために、高レベルの生活魔法使いが、どれほど凄いのか見てもらおうと考えた。一番良いのはC級冒険者であるグリムなのだが、あまりレベルが違いすぎると目標にできないかもしれない。そこで天音に頼む事にした。

「生活魔法を見せるくらいなら、いつでもいいけど」

天音が快諾してくれたので、その日の放課後に訓練場にチーム全員を集めた。

「ねえねえ、母里先輩というと四天王の一人でしょ」

サナエの質問にタイチが頷いた。天音たちは四天王と呼ばれている。彼女たちとは別にトップ5も居るのだが、実力は四天王が上だと言われていた。なぜアリサたちはトップ5と呼ばれなかったのかというと、彼女たちは生活魔法に特化した特殊な存在だったからだ。

「皆、早かったのね。待たせちゃった？」

天音が明るく笑いながら言った。タイチが首を振る。

「いえ、僕たちも来たばかりですから」

「それで、どんな生活魔法を見せればいいの？」

タイチと天音は話し合い、七重起動の『プッシュ』『コーンアロー』『ブレード』『サンダーアロー』を見せる事にした。『プッシュ』『コーンアロー』は知っている魔法だからか、ヒカルたちはそれほど驚かなかった。だが、セブンスブレードを連続で起動して、丸太を縦と横に切断すると目を丸くして驚いた。

「最後にセブンスサンダーアローを見せるね」

天音が言うと、サナエが目をキラキラさせて頭を下げる。

「よろしくお願いします」

どうやら天音が憧れの対象になったようだ。天音たちは訓練場の奥へ移動した。そこには高い土嚢の塀で囲まれた場所があり、真ん中に丸太が一本立てられていた。この場所は大きな音がする魔法を練習する時に使う場所だ。カリナが頼んで造ってもらったもので、セブンスサンダーアローやセブンスハイブレードの練習ができるようになっていた。

天音が丸太に向かってセブンスサンダーアローを発動した。D粒子サンダーアローが丸太に突き刺さると、稲妻が丸太の内部を焼き焦がしながら走って空へと駆け上る。その後、落雷したかのような轟音が響き渡った。

「きゃあっ！」

ヒカルが可愛い悲鳴を上げた。サナエと郷も口を開けたまま驚いている。

「これで生活魔法に興味を持ってもらえると、嬉しいんだけど」

天音が言うとタイチを除く三人がコクコクと頷いた。四人が天音に礼を言うと、天音は笑って学生寮へ戻って行った。

「凄えよな。七重起動って、半端じゃなく凄いんだな」

郷が感動したように言う。

「でも、もっと凄い生活魔法もあるんだ」

ヒカルが難しい顔になって尋ねた。

「そんな魔法なら、習得できる魔法レベルが高いんじゃないの。私の魔法才能は『D』だから、習得できない」

「大丈夫。魔法レベルが『8』や『9』で、生活魔法の中でも強力な魔法が習得できるようになるんだよ」

タイチは、どんな魔法があるのか説明した。

「『ハイブレード』という魔法で、アーマーベアを倒せるのね。それが本当なら、水月ダンジョンの二十層に行けるかも」

サナエが目を輝かせた。アリサたちが二十層のオークキングを倒したのは有名な話である。この学院の生徒たちの間では、水月ダンジョンの二十層へ行けるようになるのが目標となっていた。

「まずは、学院の巨木ダンジョンを攻略する事が目標だよ」

ヒカルたちが『プッシュ』と『コーンアロー』を習得してから、タイチたちは放課後に巨木ダンジョンへ潜るようになった。タイチたちが巨木ダンジョンへ潜るようになって十日が経過。

「郷、そっちへ行ったぞ」

「ま、任せろ」

迫ってくる突貫羊に向かって郷がトリプルアローを放つ。それが外れて慌てた。それに気付いたタイチが横からトリプルプッシュを叩き付ける。突貫羊が弾き飛ばされて倒れ、それを見たサナエとヒカルがトリプルアローを放った。突貫羊にD粒子コーンが突き刺さり、魔石を残して突貫羊が消える。

「皆、慌てちゃダメだ。基本は『プッシュ』で魔物を止めてから、『コーンアロー』で仕留めるんだ」

「ごめん、慌てて『プッシュ』を忘れた」

郷が謝った。まだ魔物との戦いに慣れていないせいだろう。そう思ったタイチは、もう一週間ほど青トカゲや突貫羊、角豚との戦いを続けようと考えた。そして、一週間が経過すると冷静に戦えるようになった。

「大丈夫そうだね。次は六層に下りて、迷宮狼（おおかみ）と戦ってみよう」

ヒカルが不安そうな顔をする。

「大丈夫かな？」

「迷宮狼は、牙を剝（む）いて襲い掛かってくるけど、対処方法は突貫羊と同じなんだ。冷静に対応すれば、迷宮狼も倒せるよ」

タイチの言葉に皆が頷いた。

「でも、シワを寄せて牙を剝いている顔が、怖いのよ」

ヒカルたち一年生は授業の一環で巨木ダンジョンの六層に下りた事がある。その時の感想なのだろう。確かに迫力があるとタイチも思った。だけど、それには慣れるしかない。迷宮狼なんかより迫力があるオークやリザードマンと、これから戦う事になるのだ。

タイチたちは少しずつだが、確実に実力をつけていった。ヒカルたちの魔法レベルが『4』になり、巨木ダンジョンを攻略し草原ダンジョンで活動するようになると、中々魔法レベルが上がらなくなった。

悩んだタイチは、グリムに相談しようと考えた。本来なら担任に相談するところなのだが、タイチたちの担任は城ヶ崎で、副担任が剛田(ごうだ)なのだ。あまり頼りにならない。カリナはもの凄く忙しそうなので遠慮した。

「草原ダンジョンで活動しているのか。それならレベルアップに最適な場所がある」

俺はタイチたちに草原ダンジョンの隠し通路を教える事にした。タイチたちと一緒に草原ダンジョンへ潜り、四人を仕掛けがある岩に案内する。

「周りを見回して、誰にも見られていない事を確認してから、仕掛けを作動させて中に入るんだ」

岩の一部を押して隠し通路を見せると、四人はかなり驚いていた。俺はタイチたちの反応を見ながら、初めてアリサたちに隠し通路を見せた時の事を思い出した。魔法学院ではアリサたちに続き、タイチたちが本格的に生活魔法を学び始めている。俺としては本当に嬉しい。この状態が続けば、生活魔法も攻撃魔法や魔装魔法と肩を並べられるほどの存在になるだろう。

草原ダンジョンのボス部屋に続く隠し通路に入った俺たちは、奥へと進んだ。

「この通路は、オークとリザードマンが出るから、レベル上げには最適なんだよ」

説明すると、タイチが俺に確認した。

「ここを公表しないのは、なぜです？」

「ここにはボス部屋があるから、生活魔法使いを育成するために、使えると思ったんだ。だから、生活魔法使いが使うのなら、教えても構わない」

「そうなんですか」

「ほら、現れたぞ」

オークを見付けて警告した。タイチたちが慌てて武器を構える。サナエだけは短槍だが、他の三人は剣を武器にしていた。タイチがトリプルプッシュをオークに叩き付ける。勢いを止められたオークに、他の三人のトリプルアローが突き刺さった。オークが倒れ魔石を残して消える。

「その調子だ。このままボス部屋の前まで行く」

オーク二匹、リザードマン三匹を倒してボス部屋の前まで来た。中を覗くとオークナイトが復活していた。タイチたちもオークナイトを確認して顔を強張らせている。

「この中で、あのダンジョンボスにダメージを与えられるのは、タイチだけだろう。そこで皆には入り口からボス部屋の前までを往復して、オークとリザードマンを一匹でも多く倒す修行をしてもらう」

「なるほど、オークナイトに挑戦するのは、まだ早いという事ですね」

ヒカルが納得して頷いた。

「そういう事。そして、皆の魔法レベルが上がったら、ダンジョンボスのオークナイトを倒す」

俺はオークやリザードマンと戦う時の注意点やオークナイトとの戦い方について説明した。オークナイトは、タイチが習得している『サンダーボウル』を使えば、今の実力でも倒せると思う。だが、ここで修業させる目的は、魔法レベルを上げる事と人型の魔物と戦う経験を積む事だ。オークナイトを倒せば魔法レベルが上がるかもしれないが、一回の戦いでは大した戦闘経験は得られないだろう。

それにダメージを与えられるのがタイチだけだと、他の三人の魔法レベルが上がるかどうか分からない。どういう仕組みで魔法レベルが上がるのか、まだ解明されていないのである。

「グリム先生が、C級冒険者になったというのは、本当ですか？」

郷が質問してきた。

「本当だ。鳴神ダンジョンの一層に居るブルーオーガを倒して、昇級試験に合格したんだ」

「凄いな。鳴神ダンジョンを探索しているんですよね。どこまで探索が進んでいるのです？」

「まだ二層までだ。二層は広大な峡谷エリアだと聞いている」

「どんな強い魔物が居るんでしょう？」

「一層にブルーオーガが居たくらいだから、手強い魔物が居るんだろうな」

「そう言えば、鳴神ダンジョンで鉱床は発見されていないんですか？」

「一層では発見されなかった」

草原と森という地形の一層には鉱床はないかもしれないと予想されているが、二層の峡谷エリアでは有望な鉱床が発見されるかもしれないと期待されている。

「そろそろ戻ろう」

戻る途中、リザードマンに遭遇してタイチたちが倒した。その時、サナエの魔法レベルが上がり『4』となる。地上に戻った俺たちは、ダンジョンハウスで着替えてから食事に行った。

ファミリーレストランに入って食事をしながら話す。

「チームとして、何か必要なものはありますか？」

タイチが尋ねてきた。俺は考えた末に、

「そうだな、やはりマジックバッグは必要かな」

「でも、簡単に手に入るものじゃないですよ」

「まあね。でも、中ボス狩りバトルなら可能性はある」

俺は半年に一回行われる中ボス狩りバトルについて説明した。次の中ボス狩りバトルは、夏休みに行われる事になるだろう。

「中ボス狩りバトルか。トップ5が参加するようなものに、僕たちが参加するのは、ちょっと……」

タイチは自信がないようだ。それも仕方ないと思う。もうすぐ春休みになるという現時点で、チームの三人はまだG級冒険者なのだ。

「まあ、中ボス狩りバトルに参加するという事を目標にして頑張ればいい」

中ボス狩りバトルに参加するルールの一つに、ゴブリンロードを倒せるだけの実力があるという条件がある。タイチたちには夏休みまでにチームでゴブリンロードを倒せるほどの実力を身につけるという課題を出した。

タイチたちと別れて冒険者ギルドへ行くと、石橋が受付で報告していた。

「そうなんですか。二層にワイバーンが居るんですね」

冒険者の何人かが、石橋の後ろでガヤガヤと騒いでいる。

「チームでワイバーンを倒して、巣穴にあった宝箱を見付けた」

石橋がリーダーを務める『山紫水明（さんしすいめい）』は、攻撃魔法使いと魔装魔法使いが二人ずつ揃（そろ）ったバランスの良いチームだ。実力も相当なものなので、ワイバーンを倒したと聞いても納得する。

石橋が四つの巻物を取り出した。

「この巻物が何かを調べて欲しいのだ」

「畏まりました。少し時間をください」

俺は石橋に近付いて声を掛けた。

「おめでとうございます。活躍しているみたいですね」

「おお、グリム君か。活躍と言ってくれるのは嬉しいが、今日は幸運だったのだ」

俺が鳴神ダンジョンの様子を聞いていると、奥へ行っていた受付のマリアが戻ってきた。

「石橋様、調べて参りました。但し、一本だけ分からなかったものがあります。申し訳ありません」

「ふむ、それは困ったな。中身が分からなければ、オークションに出しても大した価格にはならないだろう」

俺はマリアが手に持っている巻物に目を向けた。三本の巻物には、タグが付けられている。そのタグに何の巻物なのか書かれていた。残りの一本にはタグがなかった。その巻物に見覚えがあった。D粒子二次変異の特性魔法陣が描かれていた巻物に表紙の柄が似ているのだ。但し、若干違っている部分があった。軸の先端に刻まれている模様である。

〈貫穿〉と〈堅牢〉の巻物の軸先には、魔法文字で水星を意味する文字が刻まれていたが、この巻物は火星を意味する文字が刻まれていた。

「石橋さん、俺が調べてもいいですか?」

「構わないが、『アイテム・アナライズ』で調べても分からなかったものだぞ」

「魔道具を使って調べてみようと思って」

鑑定モノクルを取り出して見せた。

「ほう、珍しいものを持っているな」

石橋は鑑定モノクルを知っていたようだ。

「これに似たものを調べた時に、強制的に描かれていた魔法を習得させられた事があるのです。たぶん条件に合致した者が見た場合に、そうなるのだと思います。その時はどうしたらいいでしょう?」

石橋が顔をしかめた。

「その条件は分かっているのか?」

「魔法才能が『S』だという事ではないかと思います」

実際は賢者システムを所有しているかどうかだと思うが、それは秘密にしているので誤魔化した。俺の生活魔法の魔法才能が『S』だと知った石橋が、羨ましそうな顔をする。

「その時は、グリム君に百万円で買い取ってもらおう」

俺は鑑定モノクルを装着して、巻物を調べた。すると、攻撃魔法に属する魔法陣が描かれている巻物だと分かった。それを告げると、石橋は頷いた。

「鑑定モノクルでも、攻撃魔法に属するものだとしか分からないのか。オークションで売りに出すしかないな」

「そのオークションで売れなかった場合は、どうなるんですか？」

「出品者の手元に戻ってくるが、どうするかは人それぞれだろう」

　石橋が教えてくれた。

「冒険者ギルドに処分してくれと置いていく者も居るぞ」

　突然、近藤支部長の声が割り込んできた。

「その巻物はどうするんです？」

「捨てるのもどうかと思って、保管してある」

　俺はもしかすると生活魔法の巻物があるかもしれないと思い、見せてもらえないかと頼んだ。

「構わんが、オークションでも値段が付かなかったものだぞ」

　近藤支部長に案内されて冒険者ギルドの倉庫へ向かった。東側にある地下倉庫に入った俺たちは、倉庫の奥にある戸棚に近付く。その戸棚に百二十本近い巻物が並べられているのが目に入る。

「こんなにあるんですか？」

「ああ、どれも鑑定できなかったものだ。一つずつ調べるのなら時間が掛かりそうだな。一度ダンボール箱に詰めて、上に運んでから調べてくれ。この倉庫には貴重なものもあるんだ」

俺は周りを見回した。埃を被っているものがほとんどだった。

「そうは見えませんけど」

「将来、正体が分かったら、そうなるかもしれないという意味だ」

俺は肩を竦め、ダンボール箱に巻物を詰め始めた。そのダンボール箱を持って一階に上がる。

打ち合わせ部屋に持ち込むと、支部長がギルドの職員を呼んだ。

「信用していない訳じゃないが、職員を付けさせてもらうよ。決まりなんでね」

「分かりました」

鑑定モノクルを付けて巻物を一本ずつ調べ始めた。冒険者ギルドが調べても正体が分からなかった巻物である。俺が調べても分かる訳がない。但し、二種類だけ分かるものがある。生活魔法に関する魔法と特徴的な柄の表紙を持つ巻物である。俺は賢者システムを立ち上げ、表紙の柄を確認した後に中身を確かめた。

その結果、見付け出したのが、生活魔法の魔法陣が描かれている巻物が三本と特性の魔法陣が描き込まれているかもしれない巻物二本である。生活魔法の魔法陣が描かれている巻物は、特に必要だと思えるものはなかった。『コインの数を数える魔法』『液体の温度を計る魔法』『小麦を粉にする魔法』だったのだ。俺はメティスに伝えた。

『これはダンジョン製の生活魔法とは思えませんね』

メティスの声が頭に響いた。俺は黙ったまま頷く。

 ## 2　C級冒険者 

『亡くなった賢者が創ったものでしょう。ですが、目的が分かりません』

「俺にも分からない」

声を出してメティスに答えてしまった。傍に居た職員が首を傾げる。

「やっぱり、分からないのですか？」

「ええ、魔法陣に説明文が記載されていたら、分かるんですけど」

必要性が微妙な生活魔法ばかりだった。『コインの数を数える魔法』は大量のコインを扱う職業でないと必要ないし、『液体の温度を計る魔法』と『小麦を粉にする魔法』は温度計や製粉機がある。重要なのは残りの二本である。特徴的な柄の表紙であり、巻物の軸先を確かめると水星を意味する魔法文字が刻まれている。

その二つを手に持ち、支部長と交渉する事にした。調査済みの巻物については、ギルド職員が片付けてくれると言うので頼んだ。

「支部長、調査が終わりました」

「無駄骨だったんじゃないか？」

「いえ、二本だけ有望そうなものを見付けました」

「ほう、どれだ？」

俺は選んだ二本の巻物を見せた。

「この二本は、条件に合致した者が見ると強制的に習得させるというものだと思います」

支部長が頷いた。

「という事は、まだ中を見ていないんだな?」

「ええ、まだです」

支部長が見せて欲しいというので渡した。支部長は巻物を開いて見たが、何も起きないので不満そうな顔をする。

「支部長、それは生活魔法の巻物ですよ。支部長に反応したら、選び間違ったという事になるじゃないですか」

「そのようだな。問題は価格だな。欲しいのだろ?」

「ええ、売ってください」

「そうだな……一本十万円でどうだ」

俺は二桁くらい安かったので、びっくりした。

「それでいいんですか?」

「まあな、本来の持ち主が所有権を放棄したものだ。冒険者ギルドとしては保管料くらいの値段で構わんのだ」

俺は速攻で金を払って二本の巻物を自分のものとした。

「何だか嬉しそうだな?」

「それは、新しい生活魔法が手に入るからですよ」

俺は冒険者ギルドを出て、マンションに戻った。部屋に入るとソファーに身体を投げ出して一休みする。

「はあっ、疲れた」

百二十本も巻物を調べたせいか、精神的に疲れている感じだ。そのままうとうとして完全に寝てしまったらしい。起きた時にはかなりの時間が経っていた。

「あっ、もう夜の八時になっている」

それから夕食の支度をして食べてから風呂に入ったりしていると、九時を過ぎてしまう。

『そろそろ巻物を調べませんか？』

メティスの声が頭の中で響いた。

「そうだな。調べてみよう」

一本目の巻物を開いた。巻物の魔法陣を目にした瞬間、賢者システムが自動的に立ち上がり巻物の魔法陣から情報を吸い上げ始める。情報の吸い上げが終わった後、賢者システムを確かめるとD粒子二次変異に〈手順制御〉という特性が追加されていた。

「〈手順制御〉って、何だろう？」

『どうかしたのですか？』

「D粒子二次変異に〈手順制御〉という特性が追加されたんだけど、どんな特性なのか分からないんだ」

『〈手順制御〉？　何かの手順を操作するという事でしょうか？』

「分からない」

『手順というのは、何を意味しているのでしょう』

メティスにも分からないようだ。仕方ないので二本目の巻物を取り出して広げた。同じような感じで、またD粒子二次変異に新しい特性が追加される。それは〈斬剛〉という特性だった。これは〈貫穿〉に似た特性である。〈貫穿〉が貫通力を増す特性なら、〈斬剛〉は切断力を増す特性のようだ。〈貫穿〉の特性を付与した魔法は抜群の貫通力を持つようになるが、急所に命中しないと仕留められない事もある。

その点、〈斬剛〉の特性なら魔物を真っ二つにする事もできる。上級ダンジョンで活動するようになれば、ファイアドレイク以上に手強い魔物と遭遇するだろうから、俺にとっては当たりクジを引いたようで、嬉しかった。新しい魔法を早く創りたいという欲求があったが、まずは鳴神ダンジョンに潜り、どんな魔物が居るのか確かめてからだと自重した。

翌日、鳴神ダンジョンへ行った。新しく出来たばかりのダンジョンなので、ダンジョンハウスは建設中である。傍に建てられた仮設小屋で着替えてから中に入る。鳴神ダンジョンの一層は、広大な草原と森林のエリアである。様々な魔物が棲み着いており、魔物の密度は濃いよう

だ。

一層で発見された魔物の中で一番手強いのが、ブルーオーガである。このエリアは大まかな地形が分かったので、それを八区画に分け二層へ下りる階段を探したらしい。七区画まで調査した時に、二層へ下りる階段が発見された。それで冒険者のほとんどが二層へ向かった。

二層でワイバーンの巣に宝箱があるという情報が広まったからである。他にもワイバーンの巣があるのではないかと考えた冒険者が動き出したようだ。俺は『残り物には福がある』ということわざを思い出しながら、未調査で残った区画へ向かった。二層で宝箱が発見されたと聞き、もしかすると一層でも宝箱が見付かるかもしれない、そう思ったのである。

困った事に、未調査の区画はブルーオーガが棲み家としている森の奥にある。他の冒険者は、ブルーオーガの森を通り抜けるという危険を冒したくなくて調査をためらったようだ。ブルーオーガの森に入った。昇級試験でブルーオーガを倒した場所の近くで、またブルーオーガと遭遇。黒意杖を構えて進み出る。

俺を見付けたブルーオーガが咆哮を上げて襲い掛かってきた。セブンスオーガプッシュでカウンターを取る。至近距離で放たれた高速回転するオーガプレートをブルーオーガは躱せなかった。五重起動では後退させるだけだったが、七重起動の『オーガプッシュ』の威力は凄まじい。ブルーオーガが弾き飛ばされて木の幹に叩き付けられた。

俺は仕留めようとクイントコールドショットを放つ。そのD粒子冷却パイルをブルーオーガが必死で避けた。ここで畳み掛けて攻撃しないと反撃を受けてしまう。クイントパイルショットを発動。連続した攻撃をブルーオーガは躱せなかった。胸をD粒子パイルに貫かれたブルーオーガは息絶える。幸運にも心臓を貫通したらしい。

『今のは攻撃の組み立てが、まずかったのではありませんか？』

メティスが批評した。

「どこがダメなんだ？」

『『オーガプッシュ』を命中させた後に、発動が早い『パイルショット』でダメージを与えてから、『コールドショット』で仕留めるべきでした』

「なるほど、『コールドショット』が躱されたのは、少し発動が遅いからだと分析したのか？」

『そうです。オーガプレートで弾き飛ばされたブルーオーガが、木の幹に叩き付けられると同時に、『パイルショット』を発動するべきでした』

『コールドショット』と『パイルショット』の発動時間の違いは、コンマ数秒である。それだけブルーオーガの反応速度が速いという事だろう。魔石を回収してから先に進んだ。すると二層へ下りる階段があった。今日は下りずに森の奥へと進む。五分ほど進んだ地点で二匹目のブルーオーガと遭遇した。

また戦いとなったが、メティスの攻撃案に従って戦うと、『オーガプッシュ』と『パイルショット』で仕留められた。ブルーオーガの森を抜ける間に、三匹のブルーオーガを仕留めた。

この魔物は赤魔石〈中〉を残すので、かなりの収入となる。

森を抜けた先は、草原になっていた。その草原に棲み着いていたのは、ハエトリグサに蜘蛛(くも)の足のような根っこをプラスして全長を一メートル半ほどに巨大化したような魔物だった。

『あれはキラープラントです』

メティスが教えてくれた。

「あれっ、上級ダンジョンの魔物については、情報を引き出せないと言ってなかったか？」

『キラープラントは、中級ダンジョンにも存在する魔物です。それより意外と素早いですので、気を付けてください』

蜘蛛の足のような根っこは予想以上に素早く動き、俺との距離を縮めた。大きな口のような葉っぱが、俺に噛(か)み付(つ)こうと襲ってきた。反射的にクイントオーガプッシュで弾き飛ばす。七メートルほど宙を舞ったキラープラントは、根っこから先に器用に着地した。

「何で猫みたいに綺麗(きれい)に着地できる？」

『あれは根っこが重いだけです』

「あいつの弱点は？」

『根っこに近い茎の部分を切断してください』

俺は近付いてきたキラープラントにクイントブレードを発動し、茎を横薙(よこな)ぎに切り裂いた。

キラープラントが死ぬ瞬間、ゴムを焼いた時に出るような臭(にお)いがする液体を放出する。

「この変な臭いは何だ？」

『それは他のキラープラントを呼び寄せるフェロモンです』

「という事は……」

周りから多数のキラープラントが集まってきた。クイントブレードを使って、片っ端から切り裂いて仕留めたが、次々に集まってくる。あのゴムを焼いたような臭いが益々強くなる。そして、集まってくるキラープラントの数も増えた。俺は複数のキラープラントに向かってクイントハイブレードを横薙ぎに振り抜いた。

一度に六匹ほどのキラープラントを倒したが、まだまだ集まってくる。それらをクイントブレードで倒しまくり、二十四匹を超えた辺りから数えるのをやめた。

「これじゃあ限（きり）がない」

撤退しようかと迷った時、草原の一番奥に箱みたいなものが置かれているのに気付いた。宝箱だ。俺は我武者羅（がむしゃら）にキラープラントを倒して進もうと頑張った。だが、逆にキラープラントが五十匹ほどに増えたので諦めた。トリプルカタパルトで身体を斜め後方に投げ上げ、『エアバッグ』で着地するとそのままブルーオーガの森に逃げ込む。

「はあはあ……仕留めたキラープラントの魔石も回収できなかった」

悔しいという感情が胸の奥から湧き上がってきた。ちょっと気になって魔力カウンターで魔力の残量をチェックする。半分ほどしか残っていない。

「数の力に負けた」

『仕方ありませんよ。一人であの数を倒そうというのは無謀です』

メティスが慰めるように言った。

地上に戻った俺は、着替えてからマンションに戻った。これだけ連続して戦ったのは初めてだったからか、疲れを感じている。リビングのソファーに座ってから、メティスをテーブルの上に置く。

『疲れたようですね？』

「ああ、今日は数え切れないほどのキラープラントを倒したからな」

『私もあれほど多くのキラープラントが集まるとは、予想できませんでした』

「もし予想できていたら、どんな魔法を用意していただろう？」

『一度に多数の魔物を倒すような魔法でしょうか？』

「『マルチプルアタック』のような魔法は、キラープラントには効果が薄いような気がするな」

『そうですね』

今日戦ったキラープラントたちの姿を思い出す。貫通力より切断力が必要な魔物だった。キラープラントは、それほど防御力が高い魔物ではない。切り倒すために必要な威力は、クイントブレードほどで十分だった。俺はキラープラントに脅威を感じていない。斬り倒せば確実に仕留められるからだ。だが、問題は数である。

『消火器のように冷たいD粒子を噴出して、キラープラントを凍らせ、フェロモンのようなものを放出させないようにする、というのはどうでしょう？』

「アイデアとしては、面白いと思うけど、宝箱の近くが一番キラープラントが多かったようだ。宝箱を得るには、その周囲に居るキラープラントを全滅させる必要がある」

特性を付与した魔法を使う時は、ある程度多めの魔力を必要とする。それを何回も発動していたら、魔力切れになってしまう。その点をメティスに指摘した。

『難しいものですね。攻撃魔法の『フレアバースト』のように周囲三百メートルを焼き尽くすというような魔法はできないのでしょうか？』

そのアイデアを聞いて考えてみた。工夫次第では不可能でないような気がする。だが、それを完成させるには時間が必要だと直感した。

「何か時間が掛かりそうだ。もっと簡単なアイデアはないかな」

『魔装魔法使いや攻撃魔法使いなら、どうするでしょう？』

「そうだなあ……魔装魔法使いなら、全身の筋肉を強化して武器で全滅させるだろう。C級以上の魔装魔法使いなら簡単な事だ」

その時、アイデアが閃（ひらめ）いた。『リモートプレート』と〈斬剛〉の特性を組み合わせたら、どうだろうというアイデアである。『リモートプレート』は、コーティングしたD粒子プレートを魔力を媒体として思考制御する魔法である。そのD粒子プレートをD粒子の剣に変えて〈斬剛〉の特性を付与したら、思考制御で自在に動く武器になるのではないかと思ったのだ。しかも〈斬剛〉の特性を付加すれば、切れ味は凄いものになる。

「そうだ。D粒子の剣なら、自由自在に長さも変えられる」

俺は思い付いた魔法をメティスに説明した。

『面白いアイデアです。それなら、柄と剣身部分を分けて……とすれば、どうでしょう？』

メティスが面白いアイデアを追加した。俺は賢者システムを立ち上げ、『リモートプレート』を基に新しい魔法を構築する。その魔法でも大量のD粒子が必要であり、そのD粒子で日本刀の柄に似たものと、笹の葉っぱのような形の二メートルほどの剣身を形成。剣身は諸刃であり、長さを二メートルから五メートルまで自在に変えられるようにした。その剣身に〈斬剛〉の特性を付与する。

この魔法はD粒子の形成物を魔力でコーティングしたので、多重起動ができなくなった。だが、その効果は二十分ほども続き、その間は赤い剣を使って戦える。これは魔装魔法の中で剣の切れ味を強化する『スラッシュプラス』に似ている。但し、『スラッシュプラス』は重い武器を振り回す必要があるが、新しい魔法は基が『リモートプレート』なので、剣自体が宙を飛んでいる。使い手は剣の重さを感じないのだ。これなら百匹のキラープラントでも斬り倒せるだろう。メティスと相談しながら調整して、新しい魔法が完成した。

完成したと言っても実戦で使ってダメな箇所が出れば、改良する事になるだろう。新しい魔法は『フライングブレード』と名付けた。習得できる魔法レベルは『13』である。

「そうだ。今度は生活魔法らしい新しい魔法を創ろう」

『それは、どういう魔法でしょう？』

メティスは生活魔法らしいと言ったので意外に思ったようだ。

「キラープラントの魔石を一つも回収できなかったから、魔石を回収する生活魔法を創ろうと思ったんだ。本来の生活魔法とはちょっと違うが、便利そうだ」

『なるほど。生活魔法らしいと言えば、冒険者ギルドで発見した三つの生活魔法を購入しなかったのはなぜです？』

俺は渋い顔をした。

「あれを選んでいる時は、オークションに出すくらいだから、中身が分かれば百万円から一千万円くらいするんじゃないかと勘違いしていたんだ。だけど、支部長は十万円だと言うから失敗したと思った」

十万円だと分かっていたら、三つとも手に入れていただろう。ただ、あの三つの魔法自体は微妙なものだった。工業製品で代替できる魔法なので、使用する者は限られる。生活魔法なら何でも素晴らしいと、俺は思っていない。生活に役立つ魔法は、既存の電化製品以上の価値が

なければ、人々の間に広まらないだろう。それだけ価値のある生活魔法を創るという事は難しい。
　以前に創ったD粒子を飛ばして埃を集める魔法を改良し、D粒子を多く含んでいるものを集める魔法を創った。思った通り魔石は多くのD粒子を内包しているらしく実験してみると成功した。これで魔石の回収が楽になる。この魔法の名称は『マジックストーン』にした。習得できる魔法レベルが『3』なので、いつか魔法庁に登録しよう。
　時計を見ると九時になっている。明日の準備が終わったので、食事や風呂を済ませ休む事にした。明日は早めに出発しようと思ったのだ。

　翌朝早くから鳴神ダンジョンに潜る。一層のオークソルジャーが棲み着いている森に入った。早速、オークソルジャーと遭遇。クイントプッシュでオークソルジャーを弾き飛ばす。オークソルジャーが倒れている間に、『フライングブレード』を発動する。周りから大量のD粒子が集まり、二メートルほどの赤い剣の形となる。宙に浮いている斬剛ブレードの柄を握り、動かしてみる。

「重さを全く感じない。それに自由自在に動かせる」

　オークソルジャーが起き上がって、叫びながら襲い掛かってきた。その手にはバトルアックスが握られており、それを振りかぶった瞬間に斬剛ブレードを五メートルに伸ばして横薙ぎに振る。赤い刃がオークソルジャーの胴体をすり抜けた。次の瞬間、オークソルジャーの上半身と下半身が分かれて、地面に倒れ、消える。

『予想以上の切れ味ですね』

メティスも予想以上だと感じたらしい。それは俺も同じだった。切った時の手応えがほとんどなかったのだ。

「どれほどの威力なのか確かめたいな」

その後、何匹かの魔物を相手に切れ味を試して納得した。

『次は思考制御で、どこまで可能かというテストです』

オークソルジャーを倒したのも思考制御で斬剛ブレードを操作して行ったものだが、思考制御には二段階あるのだ。柄を握った状態で操作する方法と柄から手を離して操作する方法である。何が違うかというと、柄を握った状態で操作する場合は、斬剛ブレードの位置や状態が手の感覚で分かるので思考制御が簡単なのだ。

「まずは『オートシールド』を発動し、防御の態勢を整えてからだな」

『オートシールド』を発動した後、斬剛ブレードから手を離した。空中に浮いた状態の斬剛ブレードを、近くの木に向かって飛ばす。思考制御された斬剛ブレードは空中を滑るように駆け抜け、直径三十センチほどの木の幹をスパンと切断した。その後クルクルと回転した斬剛ブレードが手の中に戻ってきた。斬ったはずの木に目を向けると、背の高い木がゆっくりと傾き始めて大きな音を立てながら倒れるのを見た。

『お見事です』

「ふうっ、こういう使い方は、集中力が必要だな」

手放した状態で操作する場合、斬剛ブレードの位置や状態を把握するために必ず見ていなければならないようだ。そうでないと上手く操作できない。戦いの最中に斬剛ブレードの位置や状態を常に把握するというのは、非常に難しい。特にキラープラントのように集団で襲ってくるような魔物は、斬剛ブレードだけではなく周囲に注意を向けねばならない。

『しかし、思い通りに動かしているように見えました』

「思い通りに動かせる。だけど、ちょっと目を離すと、そのまま飛んで行ってしまいそうだ」

『やはり自動的に魔物を攻撃するという機能がないと、使い勝手が悪いようですね。『オートシールド』はどうやって自動制御しているのか不思議です』

『オートシールド』の機能は、賢者システムを使って調べてみても分からなかった。

「全くだ。生活魔法は奥が深い」

俺は魔法を解除するとキラープラントの群れが居る方角へ向かった。途中でブルーオーガを一匹倒し、キラープラントの居る草原へ到着する。

『宝箱の所まで、飛んで行くという手もありますが、どうしますか？』

「いや、今回は『フライングブレード』が、こういう敵に使えるかどうか試してみたい」

『危険な状況になった場合は？』

「その時こそ、飛んで逃げる。メティスは時間をカウントしてくれないか」

『了解しました』

俺は黒鱗鎧(こくりんよろい)のスイッチを入れてから『フライングブレード』を発動した。形成された赤く輝く斬剛ブレードを握り締めて構える。そのまま前に進むと、すぐにキラープラントが近寄ってきた。斬剛ブレードを五メートルに伸ばし、キラープラントを斬り捨てる。ゴムを焼いたような臭いが広がった。その臭いに誘われるようにキラープラントが集まってくる。

ゆっくりと前進しながら、集まってくるキラープラントに向かって斬剛ブレードを振る。やはりほとんど手応えがない。三匹ほどを斬り倒した頃、頭の中にメティスの声が響いた。

『一分経過です』

あの臭いが濃くなっている。当然、周りから次々にキラープラントが集まってきた。五分が経過した頃には、周辺に居た全部のキラープラントが集まってきたような感じになる。俺は冷静にキラープラントとの間合いを測りながら、一匹ずつ仕留めていく。キラープラントとの距離は、何となくD粒子の動きを感じて分かるようになり、斬剛ブレードを宙に舞わせる事に集中する。気付いた時には、何匹倒したか分からなくなっていた。

「こういう戦い方をするなら、練習が必要だな」

慣れていない動きをするので、疲れるのが早い気がする。前方を見ると、四十匹ほどのキラープラントの集団が出来ている。キラープラントの集団の一点を集中的に攻撃して突破すると、奥へ向かって走り出す。後ろからキラープラントがゾロゾロと追い掛けてくる。

『キラープラントが列を作って追い掛けてきます。絶好のチャンスです』

「メティスのアイデアを試そう」

俺は振り向くとキラープラントの列に向かって斬剛ブレードを横薙ぎに振り抜いた。その時、斬剛ブレードの柄の部分と剣身部分が分離して、剣身だけが回転しながら飛翔する。凄い勢いで飛翔する剣身は、次々にキラープラントを真っ二つにしていく。二十匹ほどのキラープラントを切断した剣身は弧を描いて戻ってくると、俺が突き出した柄にパチンと嵌まった。

『成功です』

メティスの声が響いた。この技は使い手が飛ぶ方向だけ決めると、後は自動で剣身が飛ぶ仕組みになっている。飛翔中は制御できず状況によって軌道を変化させるなどできない。なので使い所が難しいと感じた。ただ密集して集団になるような敵や一列に並んで追ってくるような敵には抜群の威力を発揮する。

『十二分経過です』

「残りの敵は、二十匹ほどか。何とかなりそうだ」

俺はキラープラントを殲滅した。

「……予想以上に疲れた」

ホッとした俺は、草原に座り込んだ。水筒を取り出すとゴクゴクと飲む。水が全身に染み渡るような感じがする。それから立ち上がると、宝箱の所へ行った。宝箱の前で『プロテクシールド』を発動してから、宝箱を開けた。鳴神ダンジョンの宝箱にはトラップが仕掛けられているという情報があったのだ。蓋を開けた瞬間、中から短い矢が飛び出してD粒子堅牢シールドに当たって跳ね返る。

「本当にトラップがあったのか」

中を確かめてみると、液体が入ったガラス容器と書籍が入っていた。

「まさか、魔導書なのか？」

驚いて書籍を取り上げ、中身を確認した。魔導書ではないようだ。魔法文字で書かれた文章を読んだが、三割ほどしか読めなかった。

「メティス、分かるか？」

村瀬(むらせ)講師から魔法文字を習っているが、俺に付き合ってメティスも魔法文字を習った。その結果、メティスが先に魔法文字を習得してしまったのだ。ちょっと悔しい。メティスが普段使っている言語と魔法文字は違うらしい。魔法文字は魔法という現象を説明するために特化した言語だという。

『これはシャドウパペットを作製する方法が書かれています』

「シャドウパペット？」

パペットは操り人形の事だが、シャドウパペットとは何だろう？

『もう一つは何です？』

ガラス容器を取り上げて鑑定モノクルで調べると、上級治癒魔法薬だった。これはオークションに出すべき宝物である。

上級治癒魔法薬は小規模な欠損を再生する効果がある魔法薬である。ダンジョン探索中の冒険者が使う事はほとんどない。冒険者がダンジョンの中で使うのは中級治癒魔法薬までだと言われている。詳しい事は知らないが、上級治癒魔法薬の効果が凄すぎて身体に負担が掛かるため、病院で使用する方が良いと聞いていた。宝箱の中身をマジックポーチに仕舞った俺は戻り始めた。

魔石を回収するために、キラープラントと戦った場所で『マジックストーン』を発動する。俺から放たれたＤ粒子が同じＤ粒子を含んでいるものを探して四方に散らばり、魔石を探し当てるとそれを包み込んで空中に持ち上げ、俺に向かって飛翔させる。頭上に挙げた手に魔石が集まり、一つの塊を形成し始める。最後の魔石が塊に合流すると、布袋を取り出して魔石の塊を入れた。その瞬間『マジックストーン』の効力が切れ、袋の中でバラバラの魔石に戻る。

『その魔石回収魔法も、成功のようですね』

「でも、有効範囲があるから、あと二回ほど発動する必要がある」

一回目の『マジックストーン』では四十個ほどが集められたが、キラープラントはまだ多かったはずだ。草原の真ん中ほどへ移動した俺は、もう一度『マジックストーン』を発動し魔石を回収。最後に森に近付いた場所で『マジックストーン』を発動する。全部で百個以上の黄魔石が回収できた。

ブルーオーガの森に足を踏み入れて二層への階段を下りる。初めて見た二層の峡谷エリアは凄いものだった。ここの地形は、アメリカのグランドキャニオンを小型にしたようなものらしい。グランドキャニオンは数千万年の年月を掛け、コロラド川が高原を侵食して造り出したものだ。

しかし、ここはほとんど一瞬で形成された地形である。それでも似ていると感じた。峡谷と峡谷が複雑な模様を描いて並んでおり、その谷間には緑があった。この光景を見るとダンジョンというものがとんでもない存在に思える。そして、それに比べると自分という存在が小さいと感じた。

「二層の峡谷エリアは、凄い眺めだと聞いていたけど……本当に凄いな」

『ええ、本当ですね』

この景色の凄さが魔導知能に理解できるかどうかは疑問だが、メティスも普通ではないと思ったようだ。その時、一キロほど先で大きな火柱が立ち昇った。冒険者たちが何かと戦っているらしい。ここからでは戦っている魔物が何かは分からない。ただワイバーンではないようだ。

『二層を探索するのですか？』

「いや、疲れたから戻って、冒険者ギルドに報告する」

新しいダンジョンが発生した場合、初めの五年間は探索した結果を報告する事がルールとなっている。これは新ダンジョンを探索する冒険者の死亡率を下げるために決められたものだ。冒険者としては秘密にしておきたいと思う事もあるが、五年間だけはルールを守って冒険者ギルドに報告する。ちなみに草原ダンジョンの隠し通路は、五年ルールの対象外である。

冒険者ギルドへ行った俺は、受付にマリアが居るのを見付けて列に並んだ。五分ほどで俺の番が来たので、袋に入れた魔石と上級治癒魔法薬をカウンターに置いた。

「グリム先生、溜め込んでいた魔石を持ってこられたのですか？」

「違う違う。そのほとんどは今日倒した魔物のものだ」

マリアが驚いた顔をする。

「もしかして、鳴神ダンジョン？」

「ああ、ブルーオーガが居る森を抜けた先に、キラープラントの集団が居る草原があるんだ」

俺はキラープラントの草原と宝箱について説明した。マリアが一生懸命にメモを取っている。後で報告書にするのだろう。俺の後ろでは、他の冒険者たちが聞き耳を立てている。その冒険者たちの間から『宝箱』という言葉が漏れ聞こえる。

「しかし、キラープラントの魔石が百個以上ありますよ。よく倒せましたね」

「これでもC級冒険者だからね。頑張ったんだよ」

また後ろの方で『百個以上』『キラープラントを百匹以上』という言葉が聞こえた。マリアがカウンターに置いた魔法薬を手に取る。

「治癒魔法薬ですね。これが宝箱から出てきたのですか。中級でしょうか？」

「上級だよ」

俺の背後がざわっとする。今まで以上に熱い視線が俺に注がれるのを感じた。

「確かめて参りますので、お待ち下さい」

マリアが奥へ消えた後、いつの間にか鉄心が現れた。

「凄いな。上級ダンジョンに潜り始めて数日で、上級治癒魔法薬を手に入れるなんて」

「幸運だったんですよ。鳴神ダンジョンに潜っている他の冒険者たちが、二層へ行ったんで、未調査で残っていた奥の草原に行ってみたら、宝箱があったんです」

鉄心が頷いた。

「他の連中は、二層にワイバーンの巣を探しに行ったんだ。石橋さんの山紫水明チームが巣で宝箱を発見したからな」

マリアが戻ってきた。

「確かに上級治癒魔法薬でした。これはどうされますか？」

「オークションに出します」

ダンジョン探索では、上級治癒魔法薬より初級と中級の治癒魔法薬が必要だった。オークションで上級治癒魔法薬が売れたら、初級と中級の治癒魔法薬を購入するのも良いかもしれない。

オークションに出す手続きをしてから、俺はマンションに戻った。

「はああっ、疲れたな」

ソファーに身を投げだして天井を見る。『フライングブレード』を実戦で使って分かったが、あれを扱うには練習が必要だ。今日一日の出来事が頭に浮かんでくる。

「あの宝箱は、この先ずっと空のままなのかな？」

メティスに質問した。

『いえ、一ヶ月ほどで中身が復活するはずです。但し、上級治癒魔法薬と『シャドウパペット作製法』の書籍ではないと思います』

『シャドウパペット作製法』の書籍は初回特別ボーナスみたいなもので、毎回出てくるようなものじゃないと言う。

3　シャドウパペット

キラープラントの草原にある宝箱から『シャドウパペット作製法』という書籍を手に入れた俺は、自宅のソファーで身体を休めていた。

『『シャドウパペット作製法』を読みたいのですが、お願いします』

突然、メティスが言い出した。俺も興味があったので『シャドウパペット作製法』を取り出し、テーブルの上に置くと自分も読みながらページを捲る。以前だったら、一割ほどしか理解できなかっただろうが、勉強したので三割ほどを理解した。勉強は大切だと感じる。ただ……。

『シャドウパペットの作製方法が分かりました』

メティスは完全に理解したようだ。俺って頭悪いのかな。いや、少なくとも平均のはず、と思いたい。魔導知能であるメティスが特別なのだ。メティスの説明によると、シャドウパペットというのは、シャドウ種と呼ばれる魔物から得られる黒魔石と希少なドロップ品である黒い粘土のようなシャドウクレイを使って作る自動人形らしい。パペットじゃなくてオートマタに近いのではないかと思ったが、からくり仕掛けの人形であるオートマタとも違うという。また特別な能力を持つようになるそうだ。

「シャドウ種というのは、どんな魔物なんだ？」

『中級ダンジョンでは、ダークキャットが有名です』

ダークキャットは水月ダンジョンの三十一層に棲息する魔物である。体長百五十センチの黒豹のような黒猫である。

「水月ダンジョンの三十一層か。ちょっと遠いな」

俺がためらっていると、メティスがシャドウパペットを作りたいと言う。

「メティスが、シャドウパペットを使いたいというのか？」

『はい、ダメでしょうか？』

「ダメじゃないが、何をするんだ？」

『夜中に勉強しようと思うんです』

俺が寝ている間に、勉強しようという事らしい。メティスは眠らないので、暇だったようだ。

『グリム先生が、鳴神(なるかみ)ダンジョンの探索を優先するというのなら待ちます』

メティスは俺の事を『グリム先生』と呼ぶ。最初は『グリム様』と呼んでいたのだが、それはやめさせた。話し合った結果、『グリム先生』に決まったのだ。呼び捨てでも良いと言ったのだが、それはダメらしい。

鳴神ダンジョンの探索では、一回探索したら二日休もうと決めていた。なので、一度パスするくらいは問題ない。俺は水月ダンジョンへ行く事にした。俺自身もシャドウパペットというものに大きな興味があったからだ。

翌日、食料を買い込んで水月ダンジョンへ行く。二十層まで最短ルートで進んでセーフエリアとなっている中ボス部屋(べや)で一泊。この日は誰も居なかった。

次の日は、『ウィング』も使って、なるべく戦わないようにして三十層まで進んだ。三十層で昼飯を食べて休憩してから、三十一層への階段を下りる。ここは森林エリアである。ダークキャットを探しながら進むと、シルバーアントに遭遇した。八十センチほどの大きな蟻である。この蟻も群れる習性があるので、戦わずに逃げる方が良いと言われている。

俺は銀色に輝く蟻を避けて進んだ。そして、ダークキャットを見付ける。ダークキャットは、巨大な蟻塚の上に寝そべっていた。

「嫌な場所に居るな」

シルバーアントの蟻塚を見上げて言った。シルバーアントは数が多い上に蟻酸を飛ばすという攻撃もある。できるなら戦いたくない相手だ。どうしたものか？

俺が隠れている巨木から蟻塚までの距離は二十メートルほどある。『ジャベリン』や『パイルショット』では届かないだろう。考えた末に、二つの方法を思い付いた。『ウィング』で飛んで行って仕留めるというものと、『フライングブレード』で斬剛ブレードを形成し、斬剛ブレードだけを飛ばして始末するというものだ。

『ドロップ品があった場合は、どうするのですか？』

「『ウィング』で飛んで回収するしかないかな」

『それでしたら、初めから『ウィング』で飛んで攻撃した方が良いのではないですか』

「そうだな。その前にちょっと確かめてみよう」

俺は足元の石を拾って、ダークキャットに向かって投げた。石は放物線を描いて飛び、蟻塚の上に落ちた。その瞬間、蟻塚に開いている無数の穴からシルバーアントが出てきて、何かを探し始める。ダークキャットは何事もなかったかのように蟻塚の上に寝そべったままだ。蟻塚の上が一番安全だと分かっているのだろう。ただ魔物なら人間に気付いて襲い掛かってきても良さそうなものだ。

シルバーアントが蟻塚の中に戻ってから『ウィング』を発動してD粒子ウィングに鞍(くら)をつける。鞍に跨(またが)ってシートベルトを締めると飛び上がった。俺が飛んでくるのを見たダークキャットが、立ち上がって戦闘態勢になる。

近寄った俺はダークキャット目掛けてクイントパイルショットを発動。D粒子パイルがダークキャットの胴体を貫いた。その一撃がダークキャットの致命傷となり、蟻塚の上からダークキャットが消えて黒魔石と黒い粘土のようなものが蟻塚の上に残された。

「ダークキャット……三十一層の魔物にしては、弱いな」

『この魔物は接近戦での特技を持っているのです』

ダークキャットは接近戦で敵の影に飛び込み、隙があれば影から飛び出して攻撃するらしい。絶対に接近戦をしてはいけない魔物のようだ。俺は黒い魔石とシャドウクレイを回収した。シャドウクレイは五キロくらいの黒い粘土である。一匹目からドロップするとは運が良い。

その後も飛び回りながらダークキャットを探して倒した。ダークキャットは四匹に一匹の割合でシャドウクレイを残すようだ。合計で十三匹のダークキャットを倒し、黒魔石十三個とシャドウクレイ十五キロを手に入れた。

「これくらいで十分か」

メティスに確認すると、十分な量だという。俺たちは三十層に戻って野営する事にした。三十層にはファイアドレイク以外に、クリムゾンラビットが棲息している。頭突きや蹴りを使って攻撃する凶暴なウサギだ。体長が一メートルほどもあり、その攻撃には冒険者をノックアウトするほどの威力がある。

テントを張り、魔物探知装置をセットする。夕食を食べてから横になっていると、魔物探知装置が警報音を鳴らした。俺は飛び起きてテントの外に出る。二匹のクリムゾンラビットが、テントの近くまで来ている。

「ぐっすりと寝ていたのに……」

俺は『オートシールド』を発動した。クリムゾンラビットは、パワーはないが素早い魔物だった。二匹のクリムゾンラビットが連携しながら襲い掛かってきた。かなりのスピードである。寝起きに、このスピードは脅威だ。一匹のクリムゾンラビットが頭を狙って頭突きを敢行したので、慌てて避けてクイントアローを放つ。D粒子コーンがクリムゾンラビットに突き刺さった。だが、深くは突き刺さっていないようだ。意外にクリムゾンラビットの防御力は高いらしい。クリムゾンラビットはトリプルパイルショットで倒した。

「ふうっ、やはり見張り番が必要だな。シャドウパペットは見張り番ができるんだろうか？」

『十五キロほどのシャドウクレイでは、大きなシャドウパペットを作れませんので、見張り番にしても魔物探知装置以上の働きはできないと思います』

「だったら、もう少し集めるか？」

『いえ、最初はこれくらいで十分でしょう。シャドウパペットを作製する者を『魔導人形師』と呼ぶようですが、最初から優れたものはできないはずです』

俺は材料さえ揃えば、凄いシャドウパペットが作れると思っていたが、メティスの言葉を聞いて『なるほど』と思った。

二日掛けて地上に戻った俺は、魔道具ストアでソーサリーアイとソーサリーイヤーを二つずつ買った。メティスが操作するシャドウパペットには、その二つが必要だという。マンションに戻った俺は、三時間ほど寝てからシャドウパペットの作製を始めた。十五キロのシャドウクレイから三キロほどを取り分け、メティスの指示に従って作製を開始する。

まずダークキャットの小さな黒魔石を取り出し、その中の三個を原料として魔導コアと指輪を作製した。これは黒魔石に魔力を注ぎ込みながら作製するもので、面倒な手順があり苦労した。次はシャドウクレイを使ってシャドウパペットのボディを作製する。D粒子をシャドウクレイに注ぎ込みながら形を作っていく。魔導人形師というのは、生活魔法使いに向いている職業のようだ。出来上がったのは、ダックスフンドのような体型の黒猫だった。

俺は可愛いと思ったのだが、メティスに確認しようと思った。

「メティスはどう思う？」

「……」

メティスは気に入らなかったようだ。それでも、試しに完成させてみようと思った。カミソリで頭部に切れ目を入れて、そこに魔導コアを埋め込んで綺麗に傷を消してしまう。そして、魔力を注ぎ込み始めた。ダックスフンド型の黒猫が光り始め、体表に黒い毛が生えてきて、口、鼻、眼、耳などのパーツが形を整えていく。俺は息を飲んで見守りながら魔力を注ぎ続ける。成功したかと思った瞬間、パキッという音がしてダックスフンド型の黒猫が割れた。

『D粒子が均等に混ざっていなかったようです』

最初のシャドウパペットは失敗した。

「どうしてD粒子が均等に混ざっていないと分かった？」

俺はメティスに質問した。メティスは、魔力の感知力は高かったが、D粒子に対する感知力は俺より弱かったはずだからだ。

『本に失敗した時の事例と原因が書かれていたのです』

最後の仕上げであああいう風に割れるのは、D粒子が均等に混ざっていないという事らしい。

失敗した事で疲れを感じ始めた。

「今日は寝よう。疲れているから失敗したんだ」

ちょっと現実逃避気味になって寝た。疲れているのは本当だから、疲れを取ってから再挑戦しようと思ったのだ。


翌日、朝からシャドウパペットの作製を始めた。指輪と対になっていた魔導コアが、失敗した時に壊れたので、またダークキャットの黒魔石三個を取り出し、魔導コアと指輪作りから始める。魔導コアと指輪を作った後、シャドウクレイから三キロを取り分ける。そのシャドウクレイにＤ粒子を注ぎ込みながら練り混ぜる。この作業を丁寧に行う。次にシャドウクレイを黒猫の形に変形させる。なぜか三頭身の黒猫が完成した。子猫のような可愛らしさと招き猫のようなありがたみがある。

『失敗ですね』

「いや、これはこれでいいような」

『ですが、バランスが悪いです』

「試しに、完成させてみよう」

俺は魔導コアを三頭身黒猫の頭に入れてから、魔力を注ぎ込んだ。昨日と同じようにボディの表面に毛が生えてきて顔のパーツが完成されていく。これは俺がイメージした猫の顔らしい。

子猫のような顔が完成し、四本の足と尻尾が完成する。俺が頭に描いた猫のイメージを読み取って魔法で補正をしているようだ。内部も粘土から筋肉や骨に変化している。

但し、それは本物の筋肉や骨ではない。本物より重く頑丈な偽物だ。子猫パペットが完成した。完成した子猫はヨタヨタと歩き回り、時々コテッと転ぶ。もの凄く可愛い。

それを見たメティスが、

『やはり失敗でした』

そう言った。それを聞いた俺は頷いた。だが、こういうシャドウパペットもありだと思う。

「いや、こいつは実験だ。今のやり方でD粒子が均等に混ざる事が証明された」

『まあ、そうですね。ですが、これは役に立ちません。そうだ、処分する方法がちゃんと機能するか試してみましょう』

俺の癒やしになってくれそうだ。このまま一日中見ていたいという気分になってくる。ダメだ、情が移って処分できなくなりそうだ。それに成長しないまま永遠に子猫というのも残酷なような気がする。俺は心を鬼にして魔導コアと対になっている指輪を壊した。その瞬間、子猫パペットが砕けて散らばる。本物の子猫のように見えるが作り物なのだと確認した。

「このシャドウパペットには、知能があるのか？」

『魔物だった時の基礎知識と、ある種の知能というか、限定された学習能力があります』

基礎知識というものに興味が湧いたが、メティスも詳しい事は知らないようだ。但し、指輪を持つ者がマスターだと条件付けされているらしい。

『グリム先生、本屋に行きませんか？』

「何か欲しい本があるのか？」

『猫の写真集があれば、購入して参考にすれば良いと思ったのです』

シャドウパペットが完成しないのではないか、とメティスが危機感を持ったようだ。俺は本屋に行って猫の写真集を買って来た。その写真集を参考にして、三体目のシャドウパペットを作製する。念入りにイメージして作製したので、ほぼ猫と同じ体型をしたシャドウパペットが形成された。後は仕上げである。

『その前に、購入したソーサリーアイとソーサリーイヤーを埋め込んでもらえますか』

俺は二種類の魔道具を眼の部分と耳の部分に埋め込んだ。それから魔導コアを頭に埋め込んで、魔力を注ぎ込む。黒い粘土の塊だったものが、本物の猫のようなものに姿を変えた。ソーサリーアイが本物の眼のように見える。但し、ソーサリーアイは人間の眼を参考に作られているので違和感がある。とは言え、猫型シャドウパペットの完成だった。

俺は魔導コアと対になっている指輪をメティスが入っている袋の中に入れた。よく分からないが、メティスと猫型シャドウパペットの間で通信が行われているようだ。それが終わって猫型シャドウパペットが動き出した。作業台として使っていたテーブルから床に飛び下りて、部屋の中を歩き回り始める。俺はテーブルの上に置いてあるメティスに視線を向けた。

「メティスが動かしているのか？」

『そうです。中々面白いです。そうだ、まだシャドウパペットの特技を教えていませんでした』

「想像はつく。ダークキャットと同じなんだろう？」

『はい、影の中に隠れる事ができるのです』

猫型シャドウパペットが近寄ってくると、俺の影の中に跳び込んだ。影の中に消えた黒猫が頭だけだして俺を見上げる。影の中に猫の生首が置いてあるようで不気味だ。シャドウパペットの作製法は習得した。こういうものを欲しいと思う人は多いと思う。

「次は魔物への攻撃能力があるシャドウパペットの作製だが、急ぐ必要はないか。まず鳴神ダンジョンの攻略を進めよう」

強力なシャドウパペットが必要だと感じたのは、野営の時の見張り番と盾役が欲しいと思ったからだ。しかし、鳴神ダンジョンでの活動は、まだ二層である。野営するほど深く潜っていないので、盾役として使う事になる。そうなると、他の冒険者たちの前で使う事もあるだろう。

「ダンジョンで盾役として使うとなると、冒険者ギルドにシャドウパペットの事を報告する必要があるな」

世の中には使い魔みたいなものや魔物を使役する能力は存在しなかった。シャドウパペットは人類が手に入れた初めての使い魔になるかもしれない。公表したら、その反響は凄いものになると、俺は考えている。

『その反響に対応する態勢が整っていません。公表はもう少し先にするべきです』

メティスは公表に反対のようだ。すぐに公表しないとしても、シャドウパペットの研究は続けるべきだろう。メティスは魔道具との融合が可能だと知っていたようだが、魔道具はソーサリーアイとソーサリーイヤーだけではない。そういう面も実験してみたい。

「シャドウパペットの研究は始めたばかりだ。焦らずにゆっくりと進めていこう」

天音(あまね)は大きなストレスを抱えていた。このところ勉強ばかりしていたからだ。由香里(ゆかり)に相談すると、久しぶりにダンジョンへ狩りに行こうという話になった。

「アリサたちも誘おうよ」

「そうだね」

天音たちは久しぶりに四人で水月ダンジョンへ行く事になった。ダンジョンハウスで着替えた四人は、ダンジョンの前でタイチに声を掛けられた。

「あれっ、天音さんたちもダンジョンですか?」

タイチの後ろで、一緒にチームを組んでいるメンバーが天音たちにペコリと頭を下げた。

「ええ、久しぶりに暴れようと思って」

「暴れる？　ああ、狩りをしようというんですね」

「タイチ君たちは、どの層で活動しているの？」

「五層です。リザードソルジャー狩りをしています」

「じゃあ、五層まで一緒に行きましょう」

天音たちとタイチのチームは一緒に五層へ向かった。その途中に遭遇した魔物は、天音たちが一瞬で倒してしまう。アタックボアと遭遇した瞬間、天音のクイントジャベリンが飛んで毛皮に覆われた胴体を貫いた。次にリザードマンと遭遇した時は、千佳が走り寄ってトリプルブレードで斬り捨てる。

「先輩たちは凄すぎます」

ヒカルが声を上げる。それを聞いたアリサが微笑む。

「このくらいは、皆もすぐにできるようになるから」

「でも、私たちはＦ級になったばかりで、五層に下りられるようになったのは、最近の事なんです」

「そうなの。一年で一番進んでいるのは、どのチーム？」

由香里が尋ねると、西根という一年生がリーダーをしている攻撃魔法使いだけのチームだとタイチが答えた。

「ああ、タイチ君が居たチームね。攻撃魔法使いだけなのに頑張っているのね」

「もう八層を攻略して、九層に進んだそうです」

「九層か、あそこは早撃ちの練習をしていないと、危険なエリアなんだけど」

「そうなんですか？」

由香里がなぜ早撃ちが必要だと言ったのか、タイチには分からなかったようだ。

「迷路エリアだから、『マナウォッチ』があまり役に立たないのよ」

「そうなんですか。それだとどうなるんでしょう？」

「いきなり魔物と鉢合わせする事になる」

「でも、それは西根たちだって分かっているだろうから、何か対策を考えているんじゃないですか？」

「そうね」

鳴神ダンジョンのような新しいダンジョンは別だが、ダンジョンに潜る時は、事前に調査するのが普通なので、大丈夫だろうとタイチは思った。他人の心配より、自分たちの生活魔法をどのように伸ばすかが問題だった。それをアリサに相談してみた。

「自分が得意とするものを見付けて、徹底的に鍛えるのも良いんじゃないかな」

「得意とするものですか？」

「タイチ君は、生活魔法の中で得意なのは何？」

『ブレード』です。でも、得意と言っても、少しだけ発動が早いというだけです」

「それを徹底的に鍛えればいいのよ。そうだ、千佳」

アリサは千佳に居合斬りを見せてくれるように頼んだ。

「いいけど、『ブレード』と『ハイブレード』、どっち？」

「じゃあ、『ブレード』でお願い」

千佳は傍にある木に近付いた。その後ろでタイチたちが見学している。

スタスタと普通に歩いて木に近寄った千佳が、一瞬の動きで腰に差している刀の柄と鞘に手を掛け、全身を使って抜き放ち、木に向かって振る。グリムが見せてくれた居合術を真似て日本刀の先にV字プレートを発生させ、木の幹に斬り付ける。ちょうど五メートルの距離だ。直径二十センチほどの木が真っ二つになった。

「ええーっ！」

タイチが声を上げた。抜き放たれた刀の軌道をなぞるように『ブレード』が発動したと分かり、驚いたのだ。その発動までの時間はタイチなどとは比べられないほど早い。千佳が見せた生活魔法流の居合斬りは、タイチたちに大きな影響を与えたようだ。

その後、五層でタイチたちと別れたアリサたちは、十層の草原エリアでアーマーボア狩りをした。もの凄い勢いで駆け回るアーマーボアを狩る。時々遭遇するブラックハイエナの群れは、全員で攻撃して殲滅する。

「ふうっ、こうしているとストレスが吹っ飛んで、消えちゃうような気がする」

天音が声を上げた。それを聞いた他の皆も頷いた。

「そうね。二週間に一回くらいは、ダンジョンに来るようにしようか?」

アリサの提案に三人が賛成した。

「そう言えば、由香里の魔法レベルが『8』になったんだよね。『センシングゾーン』『オートシールド』『ハイブレード』『ウィング』の四つは習得したの?」

アリサが確認した。由香里が嬉しそうに笑みを浮かべる。

「もちろん、習得したよ。鞍もちゃんと作ったから」

由香里が鞍を作った時、天音も一人乗りの鞍を注文している。

「良かった。そうだ、皆で飛んでみない」

天音の提案で飛ぶ事になった。四人は『ウィング』を発動しD粒子ウィングを発生させると、空に飛び上がった。由香里の横に並んだアリサが声を掛ける。

「大丈夫?」

「もちろん。早くダンジョンで飛んでみたかったのよ」

学院の訓練場で試しに飛んでみた事はあったのだが、自由自在に飛ぶのは初めてだった。

楽しそうに自由自在に飛び回る彼女たちを見ていた者が居た。冒険者兼ダンジョン写真家のヨウスケ・ミュルヴィルだった。ヨウスケは父親がフランス人で母親が日本人というユーラシアンである。

「あの娘たちは、何者なんだろう。それに彼女たちが乗っているものは？」

日本で発明された飛行の魔道具ではないのかと思ったヨウスケは、アリサたちが飛んでいる写真を夢中で撮る。ヨウスケは新しく発生した鳴神ダンジョンの写真を撮るために、フランスから来日した。まだ冒険者ギルドの許可が下りないので、水月ダンジョンの写真を撮って時間を潰していたのだ。ダンジョンから出て冒険者ギルドへ行ったヨウスケは、受付で空を飛んでいた少女たちについて尋ねた。

「ああ、彼女たちは生活魔法を習得しているんですよ」

対応したマリアが答えた。

「生活魔法だって……初耳だ。生活魔法に空を飛ぶような魔法などなかったはず」

「最近になって魔法庁に登録されたものです。知らなくても無理はありません」

「凄いな。日本では生活魔法使いがダンジョンで活躍しているのか」

「この渋紙市では、生活魔法が見直されているのですよ」

「でも、鳴神ダンジョンで活動している生活魔法使いなんていうのは、居ないんでしょ」

「一人だけ居ます」

「えっ、本当に。だったら是非紹介してください」

俺が冒険者ギルドへ行くと、マリアに声を掛けられた。

「グリム先生、少し話があるのですが」

「何ですか？」

マリアは俺を支部長室へ案内した。

「グリム君か、ちょうど良かった。紹介したい人が居るのだ」

支部長が話をしていたらしい男性へ顔を向けた。その男性は日本人ではないようだ。

「こちらはダンジョン写真家のヨウスケ・ミュルヴィルさんだ」

「生活魔法使いのグリム・サカキです」

俺が自己紹介すると、ヨウスケがニコッと笑う。

「噂の生活魔法使いさんですね。上級ダンジョンで活動している生活魔法使いが居ると聞いて、話を聞きたかったのです。少しよろしいですか?」

「ええ、少しだけなら構いません」

俺は支部長の隣に座った。

「生活魔法の中に、空を飛べる魔法があると聞きました。それを登録したのは、グリムさんだそうですね」

「ええ、幸運にも貴重な生活魔法が手に入り、登録しました」

「『ウィング』という魔法だとか。それは攻撃魔法の『フライ』と同じような魔法なのですか?」

このダンジョン写真家は『ウィング』に興味を持ったようだ。

「いいえ、生活魔法の『ウィング』はD粒子で翼を作って、それに乗って飛ぶ魔法です。『フライ』とは違います」

ヨウスケが頷いた。

「どれほど飛べるのです?」

「航続距離という意味なら、十五キロほどです。飛行機などと比べると極端に短いですが、ダンジョン内なら十分だと思っています」

少し話をしただけだが、ヨウスケは俺を気に入ったようだ。

「支部長、鳴神ダンジョンを撮影に行く時の護衛を、グリムさんにしてもらえませんか?」

近藤支部長が驚いたような顔をする。

「こちらで護衛を二人用意しようと考えていたのだが、グリム君が承知するなら、構わない」

俺は引き受ける事にした。ダンジョン写真家が、ダンジョンでどういう写真を撮るのか興味が湧いたのだ。

「護衛は二人必要なんですか？」

俺は支部長に確認した。

「魔物と遭遇した時に、一人が魔物と戦い、もう一人が護衛対象の傍で待機するんだ」

「もう一人は誰になるんでしょう？」

「Ｂ級冒険者のチーム『蒼き異端児』に頼んで、リーダーの後藤君から承諾をもらっている。だから、もう一人は攻撃魔法使いの彼になるだろう」

「へえー、Ｂ級冒険者の後藤さんですか。どういう人なんです？」

「彼は凄腕の攻撃魔法使いだ。ソォートスパイダーを仕留めた事がある」

フォートスパイダーは砦のように大きく頑丈な蜘蛛の化け物という意味だ。本当に砦のように大きい訳ではないのだが、それほど倒すのが困難な魔物だった。

「フォートスパイダーって、実際に家ほどの大きさがある巨大蜘蛛ですよね。確か『ソードフォース』を撥ね返したと聞きましたけど」

「そうだ。それを攻撃魔法で仕留めたのだ」

どんな魔法で仕留めたか知りたくなった。やはり威力と射程は、生活魔法より攻撃魔法が上なのかもしれない。護衛の報酬は、冒険者ギルドの規定に沿った金額が支払われる事になった。支部長に頼んで鳴神ダンジョンについての最新情報を教えてもらった。一層は分かるので、二層の情報を中心に教えてもらう。

二層にも様々な魔物が棲息しているが、注意しなければならないのはワイバーンとスティールゴーレムのようだ。スティールゴーレムに『コールドショット』や『サンダーソード』が通用するだろうか？　ちょっと不安になったが、フォートスパイダーを仕留めた後藤が一緒だという事を思い出した。大丈夫だろう。

ヨウスケを護衛する日、俺は鳴神ダンジョンへ向かった。仮設小屋で着替えて待っていると、ヨウスケが来た。このダンジョン写真家は、D級冒険者らしい。普通なら上級ダンジョンへは入れないのだが、護衛を付けるという条件で特別に許可をもらったようだ。ヨウスケも着替えて、もう一人の護衛である後藤を待つ。五分ほど待った頃、後藤が現れた。

「待たせてしまったようだな」

「いえ、まだ時間前ですから」

俺たちは自己紹介して、後藤が仮設小屋で着替えるのを待ちダンジョンに入った。

「グリムは、鳴神ダンジョンのどこまで進んだのだ？」

後藤とヨウスケには『グリム』と呼んでくれと言ってある。後藤は逞しいという感じではないが、鍛えられた肉体の持ち主だった。

「一層を攻略して、二層に入ったばかりです」

「ならば、一層で遭遇する魔物は、グリムに任せよう。二層では私が魔物を倒す」

「分かりました」

一層ではヨウスケの希望に沿って進んだ。俺一人だったら階段へ一直線なのだが、いくつかの森と草原へ行き、景色と魔物を撮影する。魔物の場合は、撮影した後に俺が始末する事になるのだが、ヨウスケは『プッシュ』を魔物に叩き付けた瞬間を撮りたがった。オークの顔面にD粒子プレートが叩き付けられ、その顔面が歪み鼻血を噴き出しながら宙を飛ぶ姿を連写で撮影していた。

一層の最後にブルーオーガと遭遇し、『オーガプッシュ』『パイルショット』で仕留めると、後藤が感心したように声を上げる。

「ほう、ブルーオーガをほとんど瞬殺か。生活魔法も凄いのだな」

「本当です。生活魔法に、こんな強力な魔法があるとは知りませんでした」

ヨウスケも驚いているらしい。階段を下りて二層に入った。峡谷エリアの光景を見たヨウスケは、フランス語で何か叫んで夢中になってカメラのシャッターを切り始める。二層への入り口は、山の中腹のような高い場所にあり、峡谷を見下ろす事ができる。ここからの眺めを気に入っている冒険者は多いらしい。俺もこの景色が好きだ。荒々しい地形なのだが、人を惹き付ける魅力を持っている。

「グリム、頼みがあるんだ」

ヨウスケが急に言い出した。

「何ですか？」

「『ウィング』で飛んでくれないか。この景色の中を飛んでいる君を撮影したいんだ」

俺が少しためらっているのに、ヨウスケが気付いた。

「顔は分からないようにするから、大丈夫だよ」

ヨウスケは俺の個人情報がもれないように配慮すると言った。俺は承諾して『ウィング』を発動する。Ｄ粒子ウィングの鞍に跨った俺は、空へと飛び立った。峡谷の上を飛び回り、宙返りや急降下をしてみせる。ここにはワイバーンが居るので、用心して奥へは行かず早めに切り上げて戻った。

「ありがとう、いい写真が撮れたよ」

後日、この時撮影した写真がフランスの雑誌に載って話題となる。そして、多くのフランス人冒険者が、ダンジョンで活躍する生活魔法使いが存在する事を知る事になった。

二層の入り口から峡谷へ下りる道は、斜面に作られた獣道のように細く曲がりくねった道だった。その細い道を下りると、峡谷の谷底に到着する。

「まず二層の中心部へ案内する」

後藤が先頭に立って進み始めた。ここからは、俺がヨウスケの傍で護衛する事になる。最初に遭遇した魔物は、突貫羊だ。後藤が『バレット』の一撃で仕留めた。攻撃魔法は使い手の熟練度や魔力量によって威力が変わると言われているが、魔力弾が突貫羊に命中し頭が爆(は)ぜた時にはゾッとした。

Ｂ級冒険者はＣ級とは格が違うと聞いていたが、俺の想像以上に力の差があるようだ。その後、下半身が山羊(やぎ)で上半身が人間のサテュロス、スモールゴーレム、リザードソルジャーと遭遇したが、全て魔力弾の一撃で仕留めている。

「この先にゴブリンの町があるが、どうする？」

後藤がヨウスケに聞いた。ゴブリンの集落は、百匹未満が『村』、百匹以上が『町』と呼ばれている。この先に百匹以上のゴブリンが居るという事だ。

「ゴブリンはいいです」

ヨウスケは百匹以上のゴブリンと遭遇したくなかったようだ。

「そうか。ゴブリンの町には、ゴブリンメイヤーが居るんだが」

ゴブリンメイヤーというのは、ゴブリンの町長の事だ。こいつを倒すとマジックポーチが手に入ると言われている。但し、俺が持っている特別製のマジックポーチほどの収容能力はなく、五十リットルほどの容量があるらしい。後藤が俺のマジックポーチに目を向けた。

「そのマジックポーチは、ゴブリンメイヤーのものとは違うようだな」

「分かるんですか。これはゴブリンキングのマジックポーチです」

後藤が少し驚いたような顔をする。ゴブリンキングは、遭遇する事自体が珍しい魔物だからだろう。

「さて、そろそろ行こうか」

ゴブリンの町を避けて先に進んだ。二層の中心と呼ばれる場所には泉があった。この泉の水は体力を回復させる効果があるという。

「この水を大量に汲んで、外で販売すれば大儲けできると考えた冒険者が、ポリタンクに何個も汲んで外に持ち出したら、普通の水に戻っていた」

後藤が思い出し笑いをしながら話してくれた。

「ダンジョン内だけしか効果がないというのですか？」

俺は後藤に確認した。

「いや、時間の問題らしい。泉から汲んで五分ほどしか効果がないんだ」

俺は試しに飲んでみた。冷たくて美味しい水だ。次の瞬間、身体から疲れが消えたように感じた。

「確かに疲れが取れたように感じました」

ヨウスケと後藤も飲んだ。

「本当ですね。疲れが消えました」

後藤が笑った。

「なぜ笑うんです？　もしかして嘘だったんですか？」

「嘘じゃない。だが、本当に体力が回復したかどうかは、証明されていないんだ」

この水を飲んで体力が回復したと感じる者が多かったという話だけらしい。ヨウスケは泉の写真を何枚か撮った。

「次は、ワイバーンの写真を撮りたいです」

それを聞いた後藤は渋い顔をする。

「ダメなのですか？」

その顔を見た俺が尋ねた。

「いや、この後、スティールゴーレムが現れそうなところに案内しようと思っていたのだ。万一、ワイバーンと戦うような事になると、魔力残量が心配になる」

「それならスティールゴーレムは、俺が仕留めます」

「そうか、自信があるようだな。任せよう」

後藤はワイバーンが現れそうなところへ案内する事になった。そこは幅二十メートルほどの川が流れており、流れの真ん中に中洲があった。土砂が積もって小さな島のようになっている場所で低木が茂っている。

そこで一時間ほど待つとワイバーンが飛んできた。その中洲はワイバーンの巣ではないが、お気に入りの休憩場所だそうだ。俺はワイバーンについても調べて来ていた。ファイアドレイクより一回り小柄だが、小回りが利く素早い翼竜みたいな化け物だ。気を付けなければならないのは、口から圧縮した空気の塊を吐き出す魔法を使えるという点である。

ヨウスケは夢中でカメラのシャッターを切っていた。それに気付いたのだろう、ワイバーンが俺たちをジロリと睨む。岩の陰に隠れていたのだが、見付かったようだ。

後藤が前に出て『ドレイクアタック』を発動した。大量の魔力が後藤の身体から流れ出し、後藤の目の前で圧縮され球形になると、ワイバーンに向かって飛翔した。ワイバーンは攻撃に気付いて飛び上がった。御蔭で『ドレイクアタック』は空振りとなる。上空に舞い上がったワイバーンは、俺たち目掛けて急降下を開始。

接近して魔法を使うつもりなのだろう。後藤はワイバーンを睨み、『ドレイクアタック』を二連射する。『ドレイクアタック』も百発百中ではないのだ。一発目は完全に外れたが、二発目がワイバーンの近くまで飛んで、ワイバーンを感知すると爆発した。その威力は凄まじいもので、ワイバーンの翼がボロボロになってきりもみしながら落下を始める。落下したワイバーンに狙いを定めた後藤は、『ソードフォース』で発生させた巨大な魔力の刃でトドメを刺した。

「お見事でした」

俺が声を掛けると、後藤は緊張を解くように大きく息を吐き出した。ワイバーンは赤魔石〈大〉とワイバーンの皮をドロップ品として残した。それを後藤が回収して、俺たちの所へ戻ってきた。

「ワイバーンは、空を飛べるグリムに任せた方が良かったかな？」

「いえ、こちらも飛ぶまでに時間が掛かりますから、後藤さんが倒すのが正解です」

後藤が戦っている最中も、ヨウスケは写真を撮っていた。怖くないのかと疑問に思うほど、被写体を追うヨウスケの顔は真剣だ。

最後はスティールゴーレムの写真だった。少し歩き回ってスティールゴーレムを探し、岩陰から撮影した。ヨウスケが満足した時、なぜかスティールゴーレムが俺たちの方へ歩き始めた。

「グリム、出番だぞ」

後藤が声を掛けてきた。俺は肩を竦めて岩陰から姿を現してスティールゴーレムを睨んだ。俺に気付いたスティールゴーレムの歩く速度が速くなる。俺はマジックポーチからD粒子収集器を取り出した。予めD粒子を溜め込んでからマジックポーチに仕舞っていたものだ。D粒子収集器に溜め込んでいたD粒子を放出する。

右手に持った黒意杖を上段から振り下ろし、それを引き金として九重起動の『ハイブレード』を発動。空中に生まれた巨大なD粒子の刃が、空気を切り裂いて轟音を発しながら音速の三倍ほどでスティールゴーレムに向かって振り下ろされた。Ｄ粒子の刃は驚くほど頑強であるはずのスティールゴーレムに食い込み切り裂く。

その後、衝撃波と爆風が周りに広がった。俺は素早く地面に伏せて防御する。爆風が収まった時、スティールゴーレムが消えていた。

「ゴホッゴホッ、埃を吸い込んじまった」

「しかし、凄い威力の魔法でした。生活魔法は驚きの連続です」

後藤とヨウスケの顔には驚きがある。生活魔法の存在をアピールできたようだ。スティールゴーレムは黒魔石〈中〉と中級解毒魔法薬をドロップしていた。俺が回収すると引き返す事になった。

来た道を引き返し始めた時、頬から血が流れているのに気付いた。ナインスハイブレードの爆風で飛んできた何かの欠片で頬が切れたらしいので、傷に絆創膏を貼って応急手当てをする。地面に伏せたくらいでは完全に防げなかったのか。『プロテクシールド』を使った方が良かったかな。戻り道でワイバーンに遭遇した時の事を考え、魔力を温存しようと魔法を使わなかったのだが、間違いだったか？

後藤が使う『ドレイクアタック』は、威力が凄いだけに消費する魔力も多そうだ。そうなると、万一の場合には自分がワイバーンと戦う事になると思ったのだ。だが、大きな怪我をするような事にでもなれば、魔力温存どころの話ではなくなる。

ワイバーンと遭遇する事もなく地上に戻った俺と後藤は、ヨウスケから礼を言われた。

「本当にありがとう。写真を現像したら二人にも贈ります」

ヨウスケは良い写真が撮れたと満足しているようだった。二人と別れた俺は、冒険者ギルドへの報告を後藤がしてくれるというのでマンションに戻った。テーブルの上にメティスを置くと、俺の影から猫型シャドウパペットの『コムギ』が出てきた。コムギの首にメティスが入っている巾着袋の紐を結び付ける。

『黙っていなければならないというのは、退屈なものです』

「仕方ないだろ。メティスに話し掛けられて返事なんかしたら、変に思われる」

コムギが俺を見上げる。

『このシャドウパペットの顔の筋肉が上手く動かせません。最初に造形した段階で顔の作り込みが不十分だったようです』

「へえー、造形が適当だと、その部分の筋肉がちゃんと作られないのか」

『そのようです。完成度はD粒子の練り込み・造形・イメージで決まると思われます』

コムギの場合は造形とイメージが甘かったという。メティスによると完成度は六十点だそうだ。

「評価が厳しいな。そんなにダメなのか？」

『複雑な動きをしようとすると、できないようです。必要な筋肉がないのだと思います』

獣医学の本でも購入して、猫の骨格や筋肉構造について勉強しなければならないという事だろうか？　面倒だが、完成度の高い猫型シャドウパペットを作製するためには必要らしい。魔導人形師というのも一朝一夕にはなれないようだ。

グリムと別れて冒険者ギルドへ行った後藤は、近藤支部長と会って無事にヨウスケを護衛した事を報告した。

「無理を聞いてもらって感謝する。ところで、グリム君は上級ダンジョンで活動できそうでしたか？」

「ブルーオーガを瞬殺していた。それだけの実力があると考えれば、浅い層なら大丈夫だろう。ただ多数の魔物に囲まれた時はどうするのか、その点が心配になった」

支部長は楽観的だった。

「それは大丈夫じゃないですか。囲まれそうになったら、飛んで逃げればいいのですから」

「『ウィング』だな。『フライ』と違って燃費が良さそうな魔法だったからな」

「ええ、そうらしいです。この支部でも才能がある職員に生活魔法を習わせ、『ウィング』を習得させようと思っているほどです」

「ん、『ウィング』を習得できる魔法レベルは、『フライ』以上に高いのでは？」

「いえ、魔法レベル8ですよ」

それを聞いた後藤が驚いた。魔法才能が『D』の者でも習得できるレベルだったからだ。

「本当に魔法レベル8？」

「そうです。ですから、生活魔法の才能が『D』の者には、習得させようと思っています。遭難者の捜索や救助活動に役立ちそうですから」

後藤が腕を組んで考え始めた。それを見た支部長が、

「どうしたのです？」

そう尋ねた。後藤が支部長に視線を向けた。

「私の生活魔法の才能が『D』なのです。つまり私でも習得できるという事ですな？」

「B級冒険者のあなたなら、短期間で習得できるようになるのでは」

「『ウィング』で運べる重量は、どれほどになるのです？」

「グリム君は百五十キロまで大丈夫だと言っていました。ただ時速三十キロまでしか飛行速度を出さないという条件なら、二百キロまで大丈夫なようです」

「二人乗りして飛べるという事か。便利そうだな」

冒険者の中にはメインとなる魔法の他に『D』以上の魔法の才能を持った者が多い。たぶん

生活魔法の才能が『D』以上となる冒険者は多いのではないか。後藤は生活魔法を習得するかどうか真剣に考え始めた。

◆◆◇◇◆◆◇◇◆◆

ヨウスケの護衛で鳴神ダンジョンへ潜った翌日、俺は冒険者ギルドへ行った。カウンターで魔石を換金してから、鳴神ダンジョンの探索状況を聞いた。

「三層への階段が発見されたそうです」

受付の加藤(かとう)が教えてくれた。

「早いな。それで三層は、どういうエリアなんです?」

「海エリアだそうです」

海の中に島がポツポツと存在するエリアらしい。波が高く潮の満ち引きまであるという。

「呆(あき)れるほどリアルに海を再現しているのか。上級ダンジョンは驚く事ばかりだな」

「でも、意外に海の魔物の数は少ないらしいです。その代わり巨大ザメの魔物が出るらしいですよ」

「巨大ザメか。船じゃなくて『ウィング』で飛んで島に向かうのがいいのか」

加藤が何か言いたそうな顔をする。

「何かあるんですか？」

「海中で宝箱が発見されたんです」

「むっ、海中の宝箱と巨大ザメか。……宝が欲しければ、巨大ザメを倒せという事か。他の冒険者はどうするつもりなんだろう？」

「C級以上の冒険者は、悩んでいるようです」

当然だろう。宝箱の中には億単位となる宝が眠っているのかもしれないのだ。それを無視して先に進もうと考える冒険者は少ないに違いない。

俺は三層の海について情報を集めた。ダンジョン内にある海なので、それほど深くはないようだ。発見された宝箱は水深八メートルの海の中にあり、素潜りで手に入れたという。素潜りの得意な冒険者が潜って宝箱を引き揚げたのだろう。慣れていない者は八メートルなんて潜れないと思う。それに宝箱を引き揚げて開けるには、船が必要だった。水中の宝箱はマジックバッグ系の魔道具に収納できないらしい。元々船は購入するつもりでいた。ただ『ウィング』を開発したので、買うタイミングを逃したのだ。

冒険者ギルドを出た俺は、電車で二十分ほどの町に行く。この町には小さな造船所があり、しかも冒険者用の船も造っているという。船の免許は船を購入しようと思った時に数日掛けて取得している。ダンジョン内だけで使う船なのだから、免許は必要ないと思ったが、船を購入するには免許が必要らしい。

その造船所は中古船の販売もしており、俺は中古船を見に来たのである。造船所の隣に中古船展示場があり、陸に上げられた船が展示してあった。従業員らしい人が居たので、冒険者用の船がないか尋ねてみた。

「冒険者用でしたら、二隻あります」

一隻は八人乗りで全長九メートルの船だった。もう一隻は六人乗りで全長六メートルほどの小型船である。どちらも冒険者用というだけあって頑丈そうだ。

「これは鋼鉄製ですか？」

「はい、両方とも鋼鉄製です」

値段を確認すると、大きい方が千二百万円ほどで、小さい方が八百万円ほどだという。冒険者用の船は、普通の船より二倍ほど高いらしい。中を確認して、小さい方を購入する事にした。手続きを済ませ代金を支払うと、冒険者用小型船が俺のものになった。本当は黒鉄(くろてつ)を使った特別製の船が欲しかったが、今から建造する時間はなかった。

小型船を左腕に装着している収納アームレットに仕舞う。それを見ていた販売会社の従業員が驚いていた。冒険者が収納アイテムに船を仕舞うところは何度か見ているが、何度見ても驚いてしまうと言っていた。小型船を購入した俺は、海を見ながら駅の方へ歩き始める。

『巨大ザメの魔物が襲ってきた時は、どうするのですか？』

「『パイルショット』や『コールドショット』で撃退できると思うんだけど、甘いかな？」

『『パイルショット』ほどの貫通力があれば、海中でも大丈夫だと思いますが、一度試してみてはどうでしょう？』

「そうだな。だけど、どこで試す？」

『そうですね。ダンジョンの湖や海では、魔物が居ますから、危険です』

俺は水中の標的に対して攻撃できる有料練習場があるのを思い出した。確か千葉県の木更津（きさらづ）にあったはずだ。生活魔法の水中での威力を試すという事を決めたので、宝箱の探索方法をメティスと相談した。

「まず宝箱を探さなければならないけど、どうすればいいと思う？」

『グリム先生はソロですので、自分で潜って探すというのは危険です。さすがに海中で魔物に襲われたら不利です』

チームなら、他の冒険者が魔物が近付かないか監視する事もできるが、ソロだと難しい。

「そうだな。泳げるシャドウパペットがあれば、そいつに任せるんだが」

『それなら、ちょうどいい魔物が居ます。シャドウフロッグです』

「そいつもシャドウ種なのか？」

『そうです。シャドウ種の黒魔石とシャドウクレイをドロップします』

メティスによると、そのシャドウフロッグは雷神ダンジョンの六層に棲息しているそうだ。

雷神ダンジョンといえば、俺がD級の昇級試験を受けた場所だ。

俺は電車で千葉へ行き、木更津市で水中に標的がある有料練習場を借りた。練習場の真ん中に池のようなものがあり、七メートルほどの深さがある。そして、その池の底にはコンクリートブロックが沈んでいた。

『何から試してみますか？』

「そうだな。『パイルショット』から試そう」

俺は池の傍に立ち右手を底に沈んでいるコンクリートブロックに向ける。五重起動の『パイルショット』が発動するとD粒子パイルが形成され、水中に向かって放たれた。水面で水飛沫（みずしぶき）が上がるが、それほど大きなものではない。白い筋を残して水中へ突き進んだD粒子パイルがコンクリートブロックに突き刺さり、穴を開ける。

『貫通していません。かなり威力が弱くなるようです』

セブンスパイルショットやセブンスコールドショットも試してみたが、この深さだと威力が半分くらいに低下してしまう。一度水中に腕を入れてD粒子パイルが水中で形成されるか試してみた。形成されるまでに時間が掛かる事が分かった。しかも初速がかなり遅くなる。

『パイルショット』や『コールドショット』はまだ良いが、『ブレード』や『ハイブレード』は使わない方が良いと分かった。盛大に水飛沫が上がるだけで威力が大幅に低下するのだ。そして、試している中で意外に威力を発揮したのが、『サンダーアロー』だった。水中でも電気ショックの威力は同じという事だ。

水中での威力を確かめた俺は、木更津市のホテルで一泊してから、翌日に雷神ダンジョンへ向かった。到着してダンジョンハウスで着替えると、珍しい集団が居た。武器として猟銃を持っている集団だった。彼らはD級昇級試験のために五層へ行くらしい。課題はアーマーベアなのだろう。ダンジョンが存在するようになっても、日本では銃器を使う冒険者が少なかった。アメリカなどでは多いらしいが、攻撃魔法の基礎である『バレット』でさえ銃と同じような威力なので、日本人は銃を選択しないようだ。しかし、銃を武器とする冒険者が存在しない訳ではなく、魔力を消費しないという点を重視して武器にしている者も居た。

「『ダンジョン狩人』の皆には、協力して五層まで進んで、課題であるアーマーベアを倒してもらう。慎重に行動してくれ」

昇級試験の試験官をしているのは、俺の時と同じC級冒険者の垂水だった。受験者たちがダンジョンに入った後に、俺も続いて入る。

「ん、君は生活魔法使いの……」

名前までは出てこないようだ。俺が名前を告げると思い出した。

「ああ、グリム君だったね。もしかして、もうC級になったのか」

「ええ、最近になって、渋紙市で昇級試験に合格しました」

「ほう、そうなると、大物を倒して支部長推薦で試験を受けた事になる。何を倒したんだ？」

「ファイアドレイクです」

垂水が驚いた顔をする。

「確かに大物だ」

俺が六層へ行くと言うと一緒に途中まで行こうという事になった。俺も魔物に対して銃がどれほど威力を発揮するか見たかったのだ。


雷神ダンジョンは、同じ上級の鳴神ダンジョンとは違いリアル型ではない。中級ダンジョンを大型化したような構造をしている。この雷神ダンジョンの一層は縦横十五キロの草原だが、鳴神ダンジョンより魔物の密度が薄く多様性も低い。それにずっと昼間である。

「この一層には、ハイゴブリンやオークソルジャーが居る。ハイゴブリンの魔法には気を付けろ」

そう試験官の垂水が注意した瞬間、二匹のハイゴブリンが現れた。昇級試験の受験生たちが一斉に猟銃を構えて引き金を引いた。銃声が響き渡り、ハイゴブリンに銃弾が命中する。

「よっしゃー、仕留めたぞ」

『ダンジョン狩人』の淵田(ふちだ)という男が声を上げた。この様子を見ていた俺は、銃も良いんじゃないかと思った。射程も百メートルほどあり、威力がありそうだ。ちなみに、受験者たちが使っているのは散弾銃らしい。猟銃としてはライフル銃もあるのだが、日本の法律では散弾銃での経験年数がないとライフル銃は扱えないという。それで散弾銃に熊撃ちとも呼ばれるスラッグ弾を装填して使っているらしい。

問題はダンジョンにおいて、どこまで通用するかという事だ。一層を抜け二層に下りると荒野エリアでキングスネークと遭遇し、戦いになった。全長十二メートルの大きな蛇である。地上に居る蛇とは違い、胴回りが太く直径が三十センチほどもありそうだ。そのキングスネークにスラッグ弾が撃ち込まれた。

熊でも倒すという評判のスラッグ弾だったが、キングスネークの頑丈な皮で威力が減少し筋肉で弾かれるようだ。それでも痛いのだろう。キングスネークは苦しそうに藻掻く。

「トドメだ！」

淵田がそう言って『クラッシュバレット』を発動した。攻撃魔法使いだったらしい。

初めから『クラッシュバレット』を使えば良いのに、と思った。だが、『ダンジョン狩人』というチームとしては、まず銃で撃つというのが基本だという。

そのうちに大怪我しそうな気がする。ただ他のチームの事なので口出しは控える。三層の荒野エリアで遭遇するアンデッドは、基本銃で倒せるようだ。ただトロールゾンビは例外らしい。驚いた事にファントムまで銃で倒していた。聖属性付きの銃弾というのを用意しているのだ。

四層の山岳エリアでは、アーマーボアを倒すのに苦労していた。大半の魔物を銃で倒しているので、魔法が必要な魔物と戦う事になった時に手間取るようだ。魔法を使って戦う場合の熟練度みたいなものが不足しているように見えた。『ダンジョン狩人』が使う銃に対する評価は、中級ダンジョンの十層くらいまでが限界だろうというものだ。但し、もう少し強力な銃をダンジョンに持ち込めば、評価は変わるだろう。

五層で昇級試験の集団と別れ、六層に向かった。六層は湿原エリアである。沼や湖が点在しており、平野も泥濘んでいる場所が多い。ここで遭遇する魔物は、ブラックゲーターとキメラビーバー、シャドウフロッグである。目当てのシャドウフロッグは影の中に潜んでいる事が多いので、探し出すのが大変だという。

その時も沼の周りをうろうろしていたら、ブラックゲーターと遭遇した。この全長五メートルほどの黒いワニは獰猛でタフな魔物だが、クイントコールドショットを頭か背中に撃ち込むと一撃で仕留められると分かり、瞬殺できるようになった。キメラビーバーは尻尾が毒蛇になっている大型ビーバーである。こいつは毒蛇の牙にさえ注意すれば、簡単に倒せる。

そして、問題のシャドウフロッグは中々見付からない。

「メティス、シャドウフロッグはどこに居るんだ？」

『シャドウフロッグは、木の影に潜んでいる事が多いそうです』

少し先に毒々しい赤い花をつけた低木があった。花の色が警戒心を起こさせるような色だったので、近付かなかった。だが、もしかするとシャドウフロッグは赤い花が好きなのかもしれないと思い直し、確かめるために近付いた。その時、木の影から巨大なカエルが飛び出し、俺に襲い掛かる。全長一メートル半ほどの巨大カエルが四本の足を大きく広げ、前足に付いている毒爪で引っ掻こうとした。

俺はトリプルオーガプッシュで反撃した。オーガプレートの回転に巻き込まれたシャドウフロッグは、回転しながら宙を舞う。回転した事で目を回したシャドウフロッグは、クイントブレードで簡単に仕留められた。それ以降、赤い花をつけた低木を探して、シャドウフロッグが居ないかどうかを確かめ、合計で九匹を仕留めた。回収したシャドウクレイは十二キロ、黒魔石は九個だ。

「これくらいで大丈夫だろうか？」

『今日は、これくらいにしましょう。慣れていない上級ダンジョンで無理するのは危険です』

俺はメティスの意見に従う事にした。

地上に戻ると、『ダンジョン狩人』がボーッとしていた。近くには垂水が居り、その傍に近付き尋ねた。

「どうしたんです？」

「ああ、全員不合格です。全員協力してアーマーベアを倒した事はあっても、一人で倒した事はなかったようです」

チームで戦う場合とソロで戦う場合は、戦い方が違う。あの連中はそれが分かっていなかったという事だろう。まあ、良い経験になったと思い、次回頑張れば良い。

俺は着替えてから本屋に行った。カエルの解剖図みたいなものが載っている本がないかと探したのだ。ないかもしれないと思っていたが、存在した。その本を購入してから魔道具ストアでソーサリーアイとソーサリーイヤーを購入する。その後、ホテルに泊まる。ルームサービスで軽い食事を摂ってから、カエルのシャドウパペットの作製に取り掛かる。

『今回は、水中を泳ぐシャドウパペットですので、背中の内部に空気袋のような空洞を作ってください』

シャドウクレイは水より重い物質なので、空気袋がないと沈んでしまうらしい。俺は空気袋と本の解剖写真から勉強した情報を基に、蛙型シャドウパペットを作製した。最初に魔導コアと指輪を作ってから、シャドウクレイを四キロほど切り分け、D粒子を練り込み造形する。

『頭が大きすぎます』

メティスからダメ出しを食らった。その後、作り直してメティスが良いだろうというものが出来た。仕上げると口に比べて目が小さな蛙型シャドウパペットが完成した。俺は動かしてみようと思い、指輪を嵌めてジャンプするように命じた。蛙型シャドウパペットは力強くジャンプし、天井にぶつかってからベッドに落下した。

「あっ、こいつ力加減が分からないのか」

『生まれたばかりの赤ん坊ですから、力加減なんて分かりませんよ』

「でも、コムギはちゃんと動いていたじゃないか？」

『あれは私が制御していたからです』

「何だ、そうだったのか」

俺は蛙型シャドウパペットもメティスに任せる事にした。蛙型シャドウパペットの制御をメティスに任すと、浴室に連れて行った。浴槽に水を溜め、そこに蛙型シャドウパペットを入れる。

「成功だ。ちゃんと浮くようだな」

浮き袋は口と繋がっており、空気の出し入れができるようになっている。ただ空気を吐き出して深く潜った後は、頑張って泳いで浮上しなければならない。

翌日、渋紙市に戻り冒険者ギルドへ行って三層の情報を集めた。と言っても、受付で聞いただけだ。

「海中の宝箱探しは、手子摺っているようです。探そうとすると、プチロドンに邪魔されると聞きました」

受付のマリアが教えてくれた。巨大ザメには『プチロドン』という名前が付いたらしい。数百万年前に絶滅した巨大ザメ『メガロドン』ほど大きくないので『プチロドン』と命名されたという。

「上級ダンジョンで活動するベテラン冒険者なら、撃退する方法も知っているんじゃないですか？」

「水中の魔物は、倒し難いそうです。水中のものは、ズレて見えるので命中率が落ちるし、水の抵抗は空気とは比較にならないほど大きいですからね」

「へえー、ベテラン冒険者でもそうなんだ」

「ただ攻撃魔法使いは、『ロッククラッシュ』を何度も発動して、高速魔力榴弾で仕留めるそうです」

『数撃ちゃ当たる』方式で仕留めているのか、少しずつ軌道を修正して命中させるのだろう。

何か良い方法はないのだろうか？

「そうか、上級ダンジョンは大変だな」

「他人事みたいに言ってますけど、グリム先生も上級ダンジョンで活動する一人なんですよ」

「そうだけど、俺はまだ駆け出しだから」

マリアが呆れたような顔をする。

「駆け出しの冒険者が、上級ダンジョンで活動しているのが、凄い事なんです。支部長はここから初めてA級冒険者が出るんじゃないかと、期待していましたよ」

　A級冒険者か、なれたら良いな。そのためには実績を上げないとダメなんだよな。俺は情報を教えてくれたマリアに礼を言ってから冒険者ギルドを出た。


　翌日は疲れを取るためにゆっくりし、その次の日に鳴神ダンジョンへ潜った。俺の後ろからB級冒険者の赤城が率いるチーム『レッドキャッスル』が入ってきた。赤城が俺をチラッと見てから、マジックバッグから四輪装甲車のようなものを取り出す。

「凄え、ダンジョン用装甲車だ」

　赤城たちは装甲車に乗り込んで出発した。取り残された俺は、装甲車の後ろ姿を見て溜息を漏らす。

『どうしたのです？』

「あの装甲車は高いんだろうな」

『購入されるのですか？』

「まさか。オーダーメイドの装甲車なんか、一億円以上するんじゃないか」

『買えると思いますが？』

　預金額から考えれば、買えない事もない。だけど、一人で装甲車に乗るのも、どうなんだろう？　そんな事をするより『ウィング』で飛んだ方が良さそうな気がする。問題は『ウィング』を使うと魔力を消耗するという事だ。

「俺は、装甲車より魔力回復薬が欲しいよ」

『そう言えば、後藤様が教えてくれた泉が回復するのは、体力だけなんでしょうか？　もし、魔力も回復してくれるのなら、魔力回復薬の代わりになるのでは』

「確認する必要があるな。今日は『ウィング』を使って、泉まで行こう」

俺は『ウィング』を発動し、D粒子ウィングにつけた鞍に跨ると飛び上がった。五十メートルほどの高さを維持しながら、ブルーオーガの森まで行く。気付かなかったが、たぶん赤城の装甲車を追い抜いただろう。階段の上空から垂直に降下して、階段前に着地した。ブルーオーガが走って来るのが見えたので、急いで階段に駆け込む。ブルーオーガと戦わずに二層へ行く事ができた。

峡谷エリアへ出た俺は、もう一度『ウィング』を発動して、D粒子ウィングに乗ると中央にある泉に向かった。ワイバーンに見付かると厄介な事になるので、高さ三メートルを維持して地形に沿って中央へ飛ぶ。そういう飛び方だと時速三十キロほどしか出せないようだ。それでも歩くよりはずっと早く泉に到着した。

『確認しましょう。まずは魔力カウンターで魔力の残量を計測です』

俺は魔力カウンターを出して魔力残量を計測した。魔力残量は九十四パーセントだった。

「よし、泉の水を飲むぞ」

そう言ってから水を飲む。確かに疲れが取れた感じがする。そして、また魔力残量をチェックする。

「あっ、魔力残量が百パーセントになっている」

『そうすると、この泉の水は魔力回復薬、いや体力も回復するので万能回復薬のようなものなのでしょうか？』

「万能回復薬？　そんな凄いものなのか」

問題は泉の水の効力が汲み上げると五分ほどで消えてしまうという点だ。

『この泉の水を効力をキープしたまま持ち運べたら、便利になりますね』

便利になるどころの話ではなくなる。冒険者なら狂喜するだろう。

「このマジックポーチの内部は、時間経過が遅くなっているから、泉の水を入れた場合、どれほど効果が持続するか調べてみよう」

俺は水筒に泉の水を入れて、すぐにマジックポーチに収納した。そして、また『ウィング』を使って移動を開始する。途中、デビルスコーピオンやスティールゴーレムと遭遇したが、戦わずに飛び越した。階段に到着し、三階に下りる。泉の水を汲んでから二十分ほどが経過している。水筒に入れた水を飲んで魔力が回復するか確かめてみた。

「回復した。マジックポーチの中では効力が長続きするみたいだ」

『どのくらい長続きするのでしょう？』

「それは確かめないと分からないな」

そう言った俺は、目の前に広がる光景を眺める。そこには青々とした海が広がっていた。遠くに島がポツポツと見えるが、ほとんどが海水で満たされているエリアだ。海エリアの入り口は、左右に海岸線が広がっている場所だった。俺は左の方向に岩場みたいな場所があるのに気付いて、そちらへ向かう。

海に出る前に水中の標的を攻撃する練習をしようと思ったのだ。一キロほど歩いて岩場に来ると、海の中を確かめる。海中にも岩がある。その海中の岩を目掛けて『パイルショット』を発動した。D粒子パイルが海中に飛び込み狙った岩を完全に外して海底に突き刺さった。

「光の屈折も考慮して、狙ったつもりだったんだけど……二メートルも外れている」

『深さや距離が分からないので、どれほど照準を補正していいか判断できないのでしょう』

メティスの意見を聞いて溜息を漏らす。こんな事ではプチロドンは倒せそうになかった。水中の標的に対して照準を定める練習をしながら泉の水がどれほど効果が続くかテストした。結果、二時間ほど効果が持続する事が分かった。但し、水筒をマジックポーチから出し入れしているので、その時間を考えると、もっと効果は持続するはずだ。

水筒に入れた泉の水が効力を失ってからも、一時間ほど海中の岩に向かって攻撃する練習を続けた。

「ふうっ、水中の標的を攻撃するのが、こんなに難しいなんて。何か良い方法を考えなきゃな」

俺は練習を切り上げて海に出る事にした。とにかく実際に宝箱探しをしてみないと何が必要なのか分からないと思ったのだ。収納アームレットから小型船を取り出し、海に浮かべてから乗り込む。メティスが俺の影から蛙型シャドウパペットである『ゲロンタ』を出した。

「少し沖に出た場所から探し始めよう」

俺は船を操縦し沖へと向かう。

一キロほど沖に出たところから探索を始めた。メティスが制御してゲロンタを海に飛び込ませる。メティスは宝箱探しに集中しているので、俺はプチロドンが出てこないか見張る。この海にはプチロドンの他にもマーマンやクラーケンなどが居るようだが、やはり強敵はプチロドンである。クラーケンも巨大な化け物なのだが、こいつは海面に上半身を出してから襲ってくる習性がある。その瞬間を狙って攻撃すれば、仕留められると聞いていた。

船の上から海を見ると、巨大なカエルが海の中を泳いでいる。やっぱり平泳ぎか、クロールで泳げないのかな。変な事を考えていた時、メティスの声が頭に響いた。

『クラーケンです』

船の前方八メートルほどにクラーケンが浮上した。その多数の足をゆらゆらと揺らしながら近付いてくる。俺はクラーケンの眼と眼の間を狙ってクイントコールドショットを発動した。

D粒子冷却パイルが飛翔し、狙い通りに眼と眼の間に突き刺さる。ストッパーが開いて強烈な運動エネルギーがクラーケンに叩き付けられた。

その衝撃をクラーケンの柔軟な身体が受け止める。だが、追加効果で発揮された冷却がクラーケンの脳を凍らせ、それが致命傷となりクラーケンは消えた。赤魔石〈中〉が海底へと沈んでゆく。それをゲロンタがキャッチして船に戻ってきた。

『この辺りに宝箱はなさそうです』

「そうか、場所を移そう」

船に上がったゲロンタから魔石を受け取ると、船をもう少し沖へと移動させた。またゲロンタが海に飛び込み探索を開始する。ゲロンタが綺麗なサンゴ礁を発見。そのサンゴ礁の上に宝箱らしきものがあるのを見付け、確かめようと近付いた瞬間、巨大な存在に気付いて逃げ出した。

『グリム先生、プチロドンが来ます』

俺は海面を探し巨大な黒い影を見付けた。『パイルショット』で攻撃したが命中しない。俺は頭を切り替えて『ヒートシェル』を使う事にした。セブンスヒートシェルを発動、金属を投入せずに飛ばした。D粒子シェルはプチロドンの前方に着水した。

その瞬間、D粒子シェルの内部にある圧縮空気が超高温で加熱され爆発を起こした。海中での爆発は衝撃波を周りに広げ、プチロドンにもダメージを与える。直撃していないので、致命傷には程遠い。だが、苦痛を感じたプチロドンは少し離れた場所へ避難した。

俺はゲロンタを船に引き上げ、プチロドンの様子を窺(うかが)う。プチロドンは船に向かって進み始めた。勘で狙いをつけてセブンスコールドショットを発動。幸運にもD粒子冷却パイルが胸鰭(むなびれ)に命中し、冷却の追加効果を発揮。胸鰭と周りの海水が凍りついた。その氷を取り除こうと、プチロドンが暴れる。

小型船の真下に潜り込んで暴れたプチロドンの尾が、小型船の船底を叩いた。六メートルある小型船の船尾が一瞬だけ海面から持ち上がる。その時、嫌な金属音がした。大揺れする小型船の中で、俺はあちこちをぶつけて痛みを味わった。痛みを堪(こら)えながら、セブンスコールドショットを連続して発動する。一発目は手前に着弾したので、角度を変えて二発目を放つ。それが右に逸(そ)れたので、修正して三発目を放った。

D粒子冷却パイルがプチロドンの背中に突き刺さる。ストッパーが開いて、D粒子冷却パイルが持つ運動エネルギーの全てをプチロドンに注ぎ込み、その背中を陥没(かんぼつ)させた。プチロドンが海中で血を吐き出した。そして、追加効果の冷却が内臓を凍らせると、プチロドンが藻掻き苦しんだ末に死んだ。

「三連発が命中しなかったら、船がバラバラにされたかもしれないな。ベテランの冒険者たちが手子摺るはずだ」

俺は愚痴(ぐち)るように言いながら、身体のあちこちに痛みを感じていた。ふと、横を見るとゲロンタが俺をジッと見ている。

『グリム先生、初級治癒魔法薬を飲むべきです』

メティスが俺の怪我を心配していたようだ。マジックポーチから初級治癒魔法薬を取り出して飲んだ。この薬は不味(まず)いので、飲む時は一気飲みする。初級治癒魔法薬が全身に染み渡るのを感じた。少し経つと痛みが減少し、消える。

「さて、宝箱を引き揚げよう」

ゲロンタが細いロープを持って海に潜り、発見した宝箱にロープの先端を結び付ける。メティスが結び終わったと告げたので、宝箱を船の上に引き揚げた。ゲロンタは海底から黒魔石〈小〉を拾い上げてきた。

俺は蛙型シャドウパペットが居るから良いが、他の冒険者は海底に沈んだ魔石の回収はどうしているのだろう？　自分で潜って回収するのだろうか？

『宝箱の確認をしましょう』

メティスに促され、俺は宝箱を開けた。もちろん用心のために『プロテクシールド』を発動している。宝箱の中身はオーク金貨だった。三百枚ほどあるだろう。金貨の他に金属板も入っており、縦十五センチ、横十センチほどの大きさで文字が刻まれていた。

「これは魔法文字でもないな」

俺が知らない文字が刻まれている。ゲロンタに金属板を渡し、メティスが読めるか確かめた。

『これはダンジョンで使われている文字の中で、秘蹟文字と呼ばれているものだと思います。解読されていない文字です』

ダンジョンで使われている文字の中にはいくつか種類があり、秘蹟文字は特別な場合にのみ使われる文字らしい。金貨を布袋の中に移し、空になった宝箱は海に投げ込んだ。戻ろうとして小型船が壊れているのに気付いた。スクリュープロペラが破損していたのだ。

「プチロドンが暴れた時に、壊れたんだな」

『どうしますか？』

「『ウィング』で戻ろう」

俺は『ウィング』を発動しＤ粒子ウィングに跨ると、小型船を収納アームレットに仕舞って岸に戻り始めた。

二層と一層を経て地上に戻った俺は、冒険者ギルドへ向かった。受付で支部長への面会を求める。

「何か重要な発見があったのですか？」

マリアが尋ねた。

「二層の中央にある泉についての情報がある」

「それでしたら報告が出ています。体力を回復する効果があるそうですね」

「それだけじゃないらしいんだ」

マリアが驚いた顔をする。

「そうなんですか。支部長に声を掛けてきます」

しばらく待つと支部長室に来るように言われた。支部長室に入ると、大きな机で支部長が書類にサインしている。

「二層の泉について情報があるそうだが、体力が回復するという話なら知っているぞ」

「ええ、それは後藤さんから聞きました。ですが、今日確認したのですけど、魔力も回復するみたいです」

サインをしていた支部長の万年筆の先がボキッと折れた。

「ほ、本当なのか？」

「ええ、魔力カウンターで確認しましたから、確実です。ベテランの冒険者である方たちも何人かは気付いたと思いますよ」

俺が予想を告げると、支部長が渋い顔をした。冒険者の中には、ポリタンクを持ち込んで大量に地上へ持ち出そうとした者も居たらしいから、本当は気付いているのではないだろうか？

泉の水の効果について聞いた近藤支部長は、考えてから質問した。

「グリム君は、ゴブリンキングからマジックバッグ系のドロップ品を手に入れたのだったね。その内部の時間経過はどうなのだ？」

支部長も内部時間が遅延するマジックバッグを利用する事は、すぐに思い付いたようだ。

「内部の時間経過が遅くなります。試しに泉の水を入れると、魔力回復の効果が二時間ほど続きました」

「なるほど二時間か。チェックするために出し入れした時間を考慮しても、三時間ぐらいが限界だという事だな」

「泉の水を万能回復薬と呼んでいるんですが、その効力を数日持続させるような方法が発見されない限り、万能回復薬は本格的には使えないと思っています」

支部長が頷いた。

「私もそう思う。ところで、二層で活動しているのかね？」

「いえ、三層で宝箱探しをしていました」

「一人だと大変だろう。宝箱は見付かったのか？」

「ええ、ですが、……船をプチロドンに壊されました」

「それは災難だったな。だが、大きな収穫があったのだろ？」

俺はオーク金貨の袋と金属板を取り出した。

「ふむ、オーク金貨だけで、数千万円という価値になる。この金属板は、秘蹟文字か。……これはオークションに出すのか？」

「秘蹟文字の意味が分かるまでは、売らないつもりです」

「そうか、この金属板の写真を撮らせてもらえないか。知り合いの研究者に調べてもらう」

「分かりました。意味が分かったら、教えてください」

俺が秘蹟文字の金属板を支部長に教えたのは、これが警告だったり重大な意味があったりした場合、冒険者の生命に関わるかもしれないと思ったからだ。新発見のダンジョンに関する五年ルールでは、宝箱の中身まで報告する必要はない。但し、例外は警告文などのダンジョン内の危険を知らせるものだ。俺は秘蹟文字の内容が警告文だった場合を考え、支部長に報告した。

ちなみに受付で冒険者が報告する場合は、俺たちはこれだけの実績を上げているのだぞ、と他の冒険者に知らせるためでもある。そうでないと実績も上げていないのに、どうして昇級したのだと批判されるからだ。その結果、大金を稼いでいると知られても、それほど危険が増す訳ではない。

世の中には小金持ちが大勢居るので、わざわざ返り討ちに合うかもしれない強者である冒険者を襲おう、と考える犯罪者は馬鹿だと思われている。

支部長に報告した後、俺は明日からどうするか考えた。船を修理に出さなければならないので、海での探索は難しくなる。『ウィング』を使って探索を続けるという事も考えたが、やはり船がないと海中探索は難しい。

「二つの宝箱と万能回復薬という実績を上げたんだ。少しペースを落として、将来を考えよう」

4 鳴神ダンジョンの探索

B級冒険者の後藤（ごとう）は、東京の冒険者ギルド本部へ来ていた。本部へ来たのは本部の資料室を使うためである。本部資料室には世界中から集められた魔物の情報やダンジョンから産出されたドロップ品の情報が整理されており、B級冒険者以上なら自由に使える。

「後藤君じゃないか。今、どこのダンジョンで活動しているのだ？」

声を掛けたのは、冒険者ギルドの理事である慈光寺忠政（じこうじただまさ）だった。日本冒険者ギルドのナンバー2である。

「渋紙市（しぶかみし）の鳴神（なるかみ）ダンジョンです」

「ああ、新しく誕生したダンジョンだな。かなり有望なダンジョンみたいじゃないか」

「ええ、有望ですよ」

二人は後藤が駆け出しだった頃からの知り合いであり、慈光寺の家族とも付き合いがある。

二人が雑談をしている時に、慈光寺が末娘の話を始めた。

「そう言えば、亜美（あみ）が渋紙市のジービック魔法学院に転校して、冒険者になると言い出したのだ」

「ん、東京の魔法学院ではなく渋紙市ですか？」

「そうなのだ。東京にも優秀な魔法学院があると言ったのだが、渋紙市のジービック魔法学院でないとダメなのだと言い張るので困っている」

後藤は渋紙市のジービック魔法学院に何か特別なものがあったか考え、グリムの事を思い出した。

「お嬢さんは生活魔法の才能があるのですか？」

「ああ、生活魔法の才能が『C』で、攻撃魔法の才能が『C』だったはず」

「ジービック魔法学院は、生活魔法の教育に力を入れていると聞きます。お嬢さんは生活魔法使いになりたいのかもしれないですね」

　慈光寺が困ったような顔をする。

「最近、使える生活魔法が増えていると聞いている。だが、まだまだ攻撃魔法が上だと思うんだが、どう思う？」

「生活魔法使いでC級冒険者の若者を知っていますが、スティールゴーレムを一撃で倒しましたよ。生活魔法は確実に進歩しています。その波に乗るのもいいと思います」

「生活魔法というのは、スティールゴーレムを一撃で倒せるのか。知らぬ間に進歩したようだな」

　後藤の助言で、慈光寺亜美は渋紙市のジービック魔法学院に転校する事が決まった。亜美はジービック魔法学院の転入学試験を受けて合格しているので、何の問題もなく転校してアリサたちの後輩となった。

最初の授業の日、二年生の教室で亜美が緊張しながら担任の先生が来るのを待っていると、望月カリナという女性の教師が現れて名前を呼び始めた。名前の点呼が終わると、担任の自己紹介が始まった。

「私は魔装魔法使いのD級冒険者だったのですが、引退して教師をしています。何か質問や相談があったら、気軽に声を掛けてください」

亜美が手を上げた。

「先生、質問してもいいですか?」

「いいですよ」

「この学院には、生活魔法が得意な先輩たちが居ると聞きました。本当ですか?」

カリナが頷いた。

「三年の結城さん、母里さん、御船さん、君島さんの四人が、生活魔法を得意としています」

「その先輩たちが、週刊冒険者に載っているのを見たんですが、本当に飛べるんですか?」

カリナが亜美に視線を向けた。

「慈光寺さんは、転校生なので知らないのですね。魔法レベルが『8』になって、『ウィング』

という生活魔法を習得すれば、飛べるようになります」

やっぱりそうなんだ、と亜美は笑顔になった。

「私も『ウィング』を習得できますか？」

「才能があって努力すれば、できます。先生も努力して『ウィング』を習得しました」

生徒の間から、『ウィング』を見たいという声が上がり、カリナは失敗したという顔をする。

だが、この状況では見せないと収まらないようだ。カリナが『ウィング』を発動した。赤く輝くD粒子ウィングが現れ、カリナは素早く鞍(くら)をつけて跨(またが)った。

「『ウィング』というのは、こういう魔法です」

少し浮いて飛んでみせる。その様子を、亜美が感激した様子で見ていた。


亜美は担任のカリナから職員室に呼び出された。

「何でしょうか？」

「教えて欲しい事があるの。慈光寺さんは、東京のプラナタ魔法学院から転入してきたのよね？」

「そうです」

「プラナタ魔法学院は、魔法学院の中でも優秀な学校だと思うけど、転校した理由は何か教えてもらえる？」

「生活魔法使いになるためです」

カリナは目を丸くした。カリナ自身は生活魔法の真価を知っているが、東京の生徒が生活魔法使いになりたいと言い出すほど、世間一般の評価は高くなかったからだ。

「変わっているのね。普通、慈光寺さんのような生徒なら、攻撃魔法使いを目指すものなんだけど」

「私は、生活魔法使いになりたいんです」

「分かりました。それで一年生の時に生活魔法の授業を受けたと思うけど、魔法レベルとどんな生活魔法を習得したかを教えて」

「魔法レベルは『2』、習得した魔法は『ライト』『プッシュ』『リペア』『コーンアロー』です」

「十分じゃないけど、これから頑張れば、挽回(ばんかい)できそうね」

亜美の顔が曇った。

「この学院では、生活魔法に力を入れていると聞きました。二年生の中で優秀な生徒は、どれくらいの実力なのですか？」

カリナは優秀な生徒と質問されて、タイチの顔を思い浮かべた。

「そうね。魔法レベルは『7』、習得している魔法は『プッシュ』『コーンアロー』『ブレード』『ジャベリン』『サンダーアロー』など十数個だったはずよ」

亜美の顔が青くなった。実力差が思っていた以上にあったからだ。

「心配しなくてもいいのよ。頑張れば、挽回できると言ったでしょ」

「お願いします。本当に生活魔法使いになりたいんです」

カリナは力強く頷いた。

「それじゃあ、訓練場に行って、慈光寺さんの生活魔法を確認させてもらえる？」

「はい、分かりました」

二人は訓練場へ行った。そこでは一人の女子生徒が攻撃魔法の練習をしていた。練習している魔法は『ヘビーショット』だ。魔法レベル10にならないと習得できない攻撃魔法である。優秀な攻撃魔法使いなんだと亜美は思った。

「君島さん、一緒に使ってもいい？」

「あっ、カリナ先生。どうぞ、どうぞ」

君島という名前を聞いて、生活魔法が得意な生徒も君島だったと思い出す。

「同じ名字の生徒が居るのかも」

カリナは何か呟(つぶや)いた亜美に目を向けた。

「どうかしたの？」

「何でもありません。生活魔法は何を発動すればいいのですか？」

「そうね。まずは『プッシュ』を発動して」

亜美が『プッシュ』を発動させると、二重起動で『プッシュ』を発動するように言われた。

「済みません。生活魔法が多重起動できる事は知っていますが、実際に多重起動を使った事はありません」

他の魔法学院では、生活魔法の多重起動を教える事がないのを、カリナは思い出した。そこで多重起動について説明し、実際にダブルプッシュを発動させてみせた。

「これが多重起動ですか。随分威力が変わるんですね」

学年の途中であっても転校するべきだった。亜美は決断が遅かったと思った。

「先生、挽回するためにはどうしたらいいでしょう？」

「まずは魔法レベルを上げる事が必要ね。そのためには学院の巨木ダンジョンに潜って、魔物を生活魔法で倒す必要があるわね」

「分かりました。明日から巨木ダンジョンに挑戦します」

「いえ、さすがに一人では危ないから、誰かパートナーを見付けないと……」

それを聞いた由香里(ゆかり)は、タイチを推挙した。

「なぜ、タイチ君なのです？」

「彼は少し焦っているようです。放課後、毎日のように水月(すいげつ)ダンジョンに潜っているようなんです」

「それはダメね。もう少し冷静な判断ができる生徒だと思っていたのだけど」

「グリム先生が鳴神ダンジョンで活躍しているので、自分もと思ったようです」

「焦る必要なんかないのに、困ったものね」

カリナはタイチに亜美のお守りを頼む事にした。タイチを紹介された亜美は、その少年が礼儀正しい冒険者で、十分な実力を持っているらしいと気付いた。

「よろしくお願いします」

「こちらこそよろしく。巨木ダンジョンなんて、すぐに攻略できるから、F級になって水月ダンジョンに挑戦しよう」

タイチを紹介したカリナは、溜息を漏らした。

「張り切るのはいいけど、ダンジョンでは慎重に行動しなさい。油断は禁物よ」

その日からタイチと亜美は、週三日ほど放課後に巨木ダンジョンへ潜るようになった。亜美はタイチに生活魔法を教えてもらいながら、その技量を上げる。亜美の魔法レベルが『5』になった。そして、昇級試験を受けてF級冒険者になった頃には、タイチたちのチームと一緒に水月ダンジョンで探索するようになっていた。

魔石を換金するためにタイチたちと一緒に冒険者ギルドへ行った亜美は、『グリム先生』と呼ばれる生活魔法使いの第一人者を紹介された。

俺が昼飯を食べてから冒険者ギルドの資料室で調べ物をしていると、タイチたちが現れた。

「あれっ、一人増えている」

「転校してきた慈光寺亜美さんです。一緒に水月ダンジョンで活動しています」

タイチが亜美を紹介した後、資料室の椅子に座って話し始めた。

「グリム先生、僕たち十層の草原エリアで、ブラックハイエナで苦戦しているんですが、どうしたらいいでしょう？」

俺はタイチたちが『オートシールド』と『センシングゾーン』を習得しているか確かめた。

「ええ、僕は習得しています。でも、他のメンバーはまだです」

俺は他のメンバーの顔を見た。少し不安そうな顔をしている。

「だったら、他のメンバーが習得するまで待つんだ。特に『センシングゾーン』は重要だから、習得してから十層に挑戦するべきだな。そうでないと怪我人が出るぞ」

タイチがガクッと肩を落とした。

「僕は焦っているんですかね？」

「誰かに言われたのか？」

「カリナ先生に注意されました。張り切り過ぎだって」

俺は魔法レベル8になってから習得できる生活魔法の中に重要な魔法が多いから、それらを全員が習得してから進んだ方が良いと助言した。

話が終わりタイチたちが資料室を出たので、俺は調べ物に戻った。その時、メティスが俺の影から猫型シャドウパペットのコムギを出した。読みたい資料を探そうと思ったらしい。昼過ぎの資料室は、ほとんど使う者が居ないので独占状態だ。誰か入ってきてもコムギだったら、ペットを連れ込んだぐらいにしか見えない。だが、資料室に入ってきたのは、先ほど別れたばかりの亜美だった。亜美はコムギに気付いて首を傾げる。

「その猫はどうしたんです」

亜美はすぐにコムギが普通の猫でないのに気付いた。眼が猫の眼ではなかったからだ。誤魔化そうとしたが、誤魔化しきれずに秘密を守るという条件で教える事にした。

「こいつはシャドウパペットのコムギだ。まあ、使い魔みたいなものなんだ」

亜美が驚いた顔をする。

「これも生活魔法なんですか？」

「生活魔法に直接関係はない。鳴神ダンジョンの宝箱から手に入れた『シャドウパペット作製法』という本を読んで、作れるようになったものだ」

亜美は俺以外で初めてシャドウパペットの存在を知った者になった。

「グリム先生は、シャドウパペットの事を公表しないんですか？」

「いずれは公表するつもりだ。ただシャドウパペットについては、不明な点も多いんだ。もっと研究してから、公表しようと思っている」

亜美がコムギをヒョイと抱き上げて頬ずりする。

「手触りは本物の猫のようだけど、大きさの割に重いみたい」

「本物の猫じゃないからね」

「シャドウパペットは、誰にでも作れるのですか？」

「いや、生活魔法がかなり使える者じゃないとダメだろう」

亜美がニッコリと笑った。

「グリム先生、私を弟子にしてください」

俺は亜美をジッと見た。悪い子ではなさそうだが、信頼できる人物かどうかは分からない。ならば、なぜシャドウパペットの事を教えたのかというと、ここで強引に誤魔化すと周囲の者に喋(しゃべ)ってしまいそうだと思ったからだ。それにタイチがチームに入れたのを知っているので、それほど性格が悪い人物だとは思えなかった。

「それは生活魔法使いの弟子に、という事なのか、それとも魔導人形師、シャドウパペットを作る者として弟子になりたいというのか、どっちです？」

「両方です。でも、それが無理なら、魔導人形師の弟子にしてください」

余程シャドウパペットが気に入ったようだ。

「すぐに弟子にはできない。人物を見定める時間が必要だ。ところで、何で戻ってきたんだ？」

「あっ、忘れていました。これはグリム先生ですよね？」

亜美がバッグから出したのは、フランスの雑誌だった。鳴神ダンジョンの二層にある峡谷が表紙になっており、その峡谷の上空を舞っている生活魔法使いの姿が写っている。光の関係で顔は分からないようだが、間違いなく俺だった。

「そうみたいだ。ダンジョン写真家が撮影したものだろう」

「やっぱり、そうなんですね」

亜美が嬉しそうにしている。そして、大事そうに雑誌をバッグに仕舞った。ちなみに冒険者の師弟制度は存在する。ベテラン冒険者の戦い方に憧れた若手冒険者が弟子入りし、戦い方を学ぶというものだ。それは習い事や道場とは違い、技術の後継者を育てるという面が強いので、落語家が弟子を取るような制度と似ている。その制度が発展したものが、バタリオンと呼ばれるものなのだ。

俺は亜美と話し合い、週に一回だけ一緒に学院の生徒指導室で、生活魔法の教科書作りを手伝ってもらう事にした。これはカリナと話し合って新しい生活魔法の教科書を作ろうという事で始めたものである。今まではカリナと二人で作業していたのだが、それを手伝ってもらう事にしたのだ。その作業を一緒に行う事で、亜美の性格や人柄を知ろうと考えた。亜美が資料室から出て行くと、俺はコムギに視線を向けた。

「メティス、コムギを出す時には、近くに人が居ないかチェックしてからにしてくれよ」

『申し訳ありません。私の不注意でした。でも、シャドウパペットについては、そろそろ公表するつもりでいたのではありませんか？』

シャドウパペットの存在を隠したままダンジョンでコムギやゲロンタを使うのは、限界だと感じていた。隠したままだとずっとソロで活動するしかなくなる。

「そうだな。作製方法を特許化して、公表するのがいいと思うんだけど」

魔法に関連する特許は、特許庁ではなく魔法庁が一括管理している。それは魔道具なども同じなので、魔導特許と呼ばれている。

『近藤支部長に相談しては、どうですか？』

「何だか、公表に積極的だな」

『公表されないと、私が人前で使えません』

メティスは人前で堂々と使いたいらしい。メティスの肉体を代替しているのがシャドウパペットなので、メティスとしては自由に使えるようになりたいという。わざと亜美にコムギを見せたんじゃないかと疑いそうになったが、メティスは元々人目を気にしないので偶然だろうと思い直した。

俺は支部長に面会を求め、支部長室で話をする事になった。ソファーに座った俺に支部長が声を掛ける。

「どうした。また三層の海で宝箱でも発見したのか？」

「いえ、三層ではなく二層のキラープラントの草原で発見した宝箱の中身なんですが、実は上級治癒魔法薬だけじゃなかったんです」

支部長が頷いた。

「五年ルールでは、宝箱の中身は対象外だから、報告しなくてもいいんだぞ」

「それは知っています。ただ上級治癒魔法薬と一緒に入っていたのが、本だったんです」

支部長が椅子をガタッと鳴らして立ち上がった。

「ま、まさか、魔導書をもう一冊入手したというのではないだろうな」

「違います。魔導書ではなく別の本です」

ちょっと残念そうに支部長が椅子に座った。

「そうか。魔導書だったら、史上初めて魔導書を二冊手に入れた冒険者として歴史に名前が残ったはずだ。それで何の本だったのだ？」

「『シャドウパペット作製法』という本です」

支部長が首を傾げた。

「シャドウパペット？　それはどういうものだ？」

「実際に見てもらった方が早いので、出します。驚かないでください」

メティスが俺の影からコムギを出した。

「なんじゃこりゃー！」

それを見た支部長が大声を上げる。その声は支部長室の外にも聞こえたようだ。外からマリアが飛び込んできた。

「どうしたんです？　あらっ、猫じゃないですか、支部長は猫嫌いなんですか？」

マリアはテーブルの上に乗っているコムギを見ると、可愛いと思ったらしく頭を撫でた。それを見た支部長が警告する。

「それは普通の猫じゃないぞ。手を離したまえ」

マリアは首を傾げ、コムギをジッと見る。そして、その目がソーサリーアイだと気付くとゆっくりと手を離した。

「それは使い魔なのかね？」

「使い魔の部類に入ると思いますが、魔物を使い魔として活用している訳じゃなく、俺が作ったものです」

支部長が厳しい顔になって、コムギを睨む。

「魔導書よりも大事じゃないか。シャドウパペットというのは、全て猫なのか？」

「別のものもあります」

「見せてくれないか？」

「分かりました。今度は蛙型なので、驚かないでください。特にマリアさん、お願いしますよ」

「蛙ですか。分かっていれば、大丈夫です」

ゲロンタが俺の影から飛び出し、テーブルの上に乗った。それを見たマリアは、叫びそうになって手で口を押さえる。支部長もビクッと身体を震わせていた。ゲロンタはビジュアル的に人を驚かせるようだ。

「シャドウパペットと言ったな。こいつらはどこから出てきたのだ？」

近藤支部長は驚きの表情を浮かべたまま尋ねた。

「見ての通り、俺の影の中からですよ」

「影の中……そういう能力があるから、シャドウパペットなのか」

支部長が納得したように頷いた。その横ではマリアがゲロンタをジッと見ていた。

「このカエル、目が小さすぎませんか？」

「市販のソーサリーアイを使っているので、仕方ないんだ」

「なるほど、本格的なものを作るには、専用のソーサリーアイが必要になりますね」

近藤支部長はゲロンタを値踏みするように見てから口を開いた。

「もしかして、このカエルを使って海中から宝箱を引き揚げたのか？」

俺はちょっと得意そうに笑った。

「どうです。凄(すご)いでしょ」

「そういう使い方もできるのなら、蛙型も欲しいと言い出す者が多いかもしれんな」

俺は支部長に顔を向けた。

「そこで相談があるんですが、魔導特許について教えてください」

俺は支部長から魔導特許を専門に扱う弁護士を紹介してもらい、シャドウパペットに関する魔導特許を取得する手続きを行った。

その魔導特許は魔法庁で受理されたが、それを審査する松山(まつやま)審査官は頭を抱えた。
「部長、これはどうやって審査すればいいいですか？」
「何の特許なのだ？」
「シャドウパペットの作製法です。シャドウパペットというのは、使い魔みたいなものだと聞いています」

「変なものが出てきたな。そういう特許は再現テストで確認するしかないだろう。鎌倉の御大に頼むしかない」

鎌倉の御大というのは、魔導職人の名匠である龍島孝蔵だった。魔道具に関する技術のほとんどに精通しているという人物だ。

数日後、魔法庁の東京本部ビルに龍島が呼ばれた。

「忙しいというのに、呼び出しおって」

「申し訳ありません。先生でないと扱えないような魔導特許が出願されたのです」

龍島には大勢の弟子が居るので、先生と呼ばれる事が多かった。

「どんなものじゃ？」

松山審査官がシャドウパペットについて説明した。

「ふむ、面白そうなものじゃな。だが、それの再現テストをするには、生活魔法使いが必要なのだろう。どうする？」

「魔法学院に優秀な生活魔法使いが居るそうなので、協力を頼みました」

魔法庁が協力を頼んだ生活魔法使いというのは、カリナだった。魔法庁は魔法教育課との繋がりがあり、その伝手で呼ばれたカリナが龍島に紹介された。

「よろしくお願いします」

カリナはシャドウパペットの説明を受け、それを出願したのがグリムだと知ると驚いた。その様子に気付いた松山審査官が尋ねる。

「望月さんは、榊という人物を知っておられるのですか?」

「ええ、同じ学院で働いていた生活魔法の教師でした」

「なるほど、元同僚だったのですか。どういう人物なのです?」

「生活魔法に関する天才です。今ではC級冒険者として、鳴神ダンジョンで活躍しています」

「そうなると、このシャドウパペット作製法というのも、鳴神ダンジョンで手に入れたものかもしれませんね」

松山審査官がそう言った。カリナもありそうな事だと思う。材料となるシャドウクレイとダークキャットの黒魔石は三回分だけ用意したという。

龍島たちは魔導コアと指輪の作製を最初から成功させた。だが、シャドウクレイにD粒子を注ぎ込み、成形してから仕上げをする段階で失敗した。

「手順通りにやったのに……この特許に間違いがあるのでしょうか?」

二度失敗したので、松山審査官はガッカリしている。それを聞いたカリナは、電話を貸してもらいグリムに連絡した。電話を終えたカリナが戻ってきて謝る。

「失敗したのは、私が悪かったようです。D粒子が均一に混ざらないと失敗するようなのです」

最後のシャドウクレイに時間を掛けてD粒子を練り込んだ。それを龍島が猫の形に成形する。そして、魔導コアを入れ、仕上げに魔力を注入する。粘土のようなもので形成されたものが、本物の猫のように変わるのを目撃した松山審査官は、興奮した表情を浮かべた。そして、小さな猫が完成する。

「成功したようじゃな」

龍島がホッとしたように声を上げる。カリナも成功して緊張から解放された。誕生した猫型シャドウパペットは、生まれたての赤ん坊猫のように弱々しい存在だった。すぐに転ぶし変な動きをする。だが、本当の猫のように動いている。

再現テストでシャドウパペットの作製に成功した事から、グリムの魔導特許は成立する事になった。魔法庁が扱う魔導特許は、普通の特許とは違い国際的なものになる。普通の特許は、各国それぞれに特許を出願して特許権を手に入れなければならないが、魔導特許は国際魔法管理機構という組織が一元管理しているので、日本で出願して特許が認可されると国際的なものになるのだ。

龍島がシャドウパペットを作製したという情報は、魔法庁や冒険者ギルドに広まり大勢の者がシャドウパペットを見学に訪れた。グリムが出した魔導特許は、世界各国の言語に翻訳されて日本の魔法庁と同じような各国の管理組織に配布された。

それらの国々の中で大きな話題となったのは、イギリスとフランスだった。わざわざ日本まで来て魔法庁のシャドウパペットを取材すると新聞やテレビで報じた。

ちなみに、なぜ出願者であるグリムのところに直接行かなかったのかというと、グリムが魔導特許の出願時に個人情報の公表は許可せず、ライセンス料の徴収を国際魔法管理機構に任せたからだ。

イギリスとフランスでは、シャドウパペットの作製販売を行うという魔導職人たちも現れた。それらの魔導職人に共通しているのが、生活魔法の才能が『D』以上だという事だ。

俺はジービック魔法学院に来た。定期的に学院を訪れ、カリナと一緒に生活魔法の教科書を作成しているのだ。生徒指導室に入るとカリナの他に亜美とアリサたち四人も居た。

「どうして、四人も来ているんだ？」

俺がアリサたちに顔を向けて尋ねると、天音(あまね)がニコッと笑う。

「グリム先生、ネタは上がっているんですよ。シャドウパペットの件は、グリム先生でしょ」

鳴神ダンジョンでシャドウパペットを作製する方法が発見されたという噂(うわさ)が広まっているらしい。亜美が俺に視線を向けた。

「私は喋っていませんよ」

それを聞いたカリナも慌てたように自分も喋っていないと言う。

「シャドウパペットの件は、魔導特許が認可されて公表したので、いいんだけど」

アリサが頷いた。

「という事は、噂は本当だったんですね？」

「『シャドウパペット作製法』は、鳴神ダンジョンの宝箱から手に入れたんだ」

「凄いです」「強運の持ち主です」

俺の言葉を聞いたアリサたちが騒いだ。

「幸運とか、そういう事じゃない。新発生したダンジョンで初めて開けられる宝箱には、特別なものが入っている確率が高いという事なんだよ」

アリサたちが羨ましそうな顔をする。それはカリナも一緒だった。

「グリム先生、シャドウパペットを見せてください」

天音が頼んできた。俺は頷いた。

「まずは、猫型シャドウパペットのコムギだ」

メティスが俺の影からコムギを出した。

「可愛い」「でも、なんか変」

アリサたちはガヤガヤと騒ぎ出した。次にゲロンタを出すと千佳以外は、ちょっと引いた。

千佳だけはゲロンタの頭を撫で「可愛い」と言う。その感性は特別製らしい。カリナが魔法庁でシャドウパペットを作る手伝いをしたという事を話すと、話が盛り上がった。

「その猫型シャドウパペットは、どうなったのですか？」

「魔法庁の所有という事になって、松山審査官がちゃんと動けるように訓練してから、魔法庁の長官が預かる事になったみたい」

由香里が首を傾げた。

「シャドウパペットを実際に作ったカリナ先生や龍島先生じゃなくて、長官が預かるんですか？」

「材料は魔法庁が揃えたものだから、仕方ないのよ」

その代わり協力費みたいなものが支払われたそうだ。

「龍島先生は、自分用のシャドウパペットを作ると言われていましたから、そのライセンス料がグリム先生に払われると思いますよ」

ライセンス料には最低金額というのが決まっており、魔導職人が自分用のシャドウパペットを作製する場合、その最低金額をライセンス料として支払う事になる。販売する場合は、販売額の数パーセントが払われるらしい。由香里がコムギを抱き上げて、優しく撫でている。

「あたしも欲しくなりました。ライセンス料を払って作ろうかな。ところで、亜美ちゃんはどうして、ここに居るの？」

俺は弟子入りの件を話した。それを聞いたアリサが亜美に顔を向ける。

「魔導人形師になりたいの？」

「生活魔法使い兼魔導人形師です」

「それでグリム先生の弟子になりたいのね。でも、先生は割とスパルタだから、大変なのよ」

「えっ、俺ってスパルタなのか？」

「先生は気付いていないようですけど、早く自分と同じレベルに引き上げようとして、結構キツイ訓練をさせています」

俺はちょっと反省した。自分ならこれくらいはできるという事をさせているのだが、キツイ訓練だったようだ。それを聞いた天音が頷いた。

「それに教えた事は、次に会う時には習得している事を要求するんですよね」

俺としては、そんなつもりはなかった。

「そ、それは違う。ただ、どこまで進んでいるか、チェックしていただけだ」

アリサたちが笑った。

「厳しく指導してくれた事も含めて、グリム先生には感謝しています。ただ付いていけない人も居ると思いますよ」

アリサの指摘は考えさせられた。と言っても、教え方を大きく変えるつもりはない。

「それより、受験勉強はどうなんだ？」

俺が反撃すると、天音がガクッと肩を落とした。

「最新の模試では、アリサと由香里が合格圏で、あたしと千佳がギリギリだったんです」

俺は頷いてから、C級冒険者の上条から教えられた魔力を動かして脳を活性化させるという方法を教えた。

「へえー、魔力を右肺から左肺、それから右肺へみたいに動かすだけで、脳が活性化するんですか？」

「ああ、魔法文字を覚える時に試してみたら、効果があった。但し、魔力を動かせるようになるには、訓練が必要だ。でも、大音たちなら、一週間くらいで習得できると思う」

それを聞いたカリナは、メモを取りながら詳しいコツを聞き始めた。生徒たちに教えるつもりなのだろう。由香里が名残惜しそうにコムギを解放する。

「大学に合格したら、ダークキャット狩りをします。そして、材料を手に入れたら、絶対シャドウパペットを作ります」

「だったら、早く帰って、勉強を頑張りなさい」

カリナに言われたアリサたちは帰った。その後、俺とカリナ、亜美の三人は教科書作りの作業を始めた。

その頃、鳴神ダンジョンで探索していた後藤のチーム『蒼き異端児』が、三層の海エリアで海中神殿を発見した。後藤たちは調査しようと海中に潜ったのだが、プチロドンに邪魔された。海中で戦う事になった後藤たちは苦戦して撤退したらしい。プチロドンが一匹だけなら、後藤たちで倒して進む事もできたのだが、数匹が海中神殿の入り口を守るように遊泳していた。

地上に戻った後藤は、冒険者ギルドに報告。それを聞いた同じB級冒険者の赤城たちも挑戦したらしいが、複数のプチロドンを駆除する事はできなかった。

支部長と後藤は相談して、蛙型シャドウパペットを利用しようという事になった。特別なシャドウパペットを作製し、神殿内部の構造を調査しようという事になったのだ。支部長に呼ばれた俺は、その特別なシャドウパペットを作れるかどうか聞かれた。

「シャドウパペットが見た光景を、使用者の脳に送って見られるようにするんですか？」

「そういう特別なソーサリーアイが開発されている。それをシャドウパペットに組み込めるのではないかと考えている」

「そういうソーサリーアイがあるのなら、可能だと思います」

俺は『蒼き異端児』と合同で、海中神殿を調査する事になった。

特別なシャドウパペットを作製するためには、シャドウフロッグの黒魔石とシャドウクレイ、それに特別なソーサリーアイとソーサリーイヤーが必要になる。シャドウフロッグの黒魔石とシャドウクレイについては、後藤たちが用意する事になった。俺は特別なソーサリーアイを手に入れるために鎌倉に向かう。

この特別なソーサリーアイが作れるのは、日本では龍島という魔導職人だけらしい。鎌倉の龍島邸に行って、龍島に面会した。

「冒険者ギルドから聞いておる。特別なソーサリーアイが必要じゃというが、何に使うんじゃ？」

「シャドウパペットです」

「ん、君は榊と言ったな。もしかして、シャドウパペット作製法の魔導特許を出願したグリム先生なのかね？」

「カリナ先生から聞いたんですね。ええ、そのグリムです」

「面白い。どんなシャドウパペットを作るのじゃ？」

「海中偵察用の蛙型シャドウパペットです」

「ほう、蛙型か。見たいものだな」

「ご覧に入れましょうか」

俺はゲロンタを見せる事にした。俺の影からゲロンタがピョンと飛び出してきて龍島を見上げた。それを見た龍島が、一言。

「ブサイクだな」

「そこは勘弁してください。手慣れていない事もありますが、人間用のソーサリーアイしか手に入らなかったんです」

龍島が頷いた。

「条件付きでソーサリーアイの作製を引き受けよう」

「ありがとうございます。その条件というのは？」

「儂(わし)用の猫型シャドウパペットを作る手伝いをする事じゃ」

龍島が自分のシャドウパペットを欲しがっているのはカリナから聞いていたが、その作製の手伝いをする事になるとは思わなかった。龍島は自分で材料を揃えたらしい。驚いた事に猫の眼を真似(まね)て作ったソーサリーアイも用意されていた。

ちなみにソーサリーアイを使わない場合、どうなるかというと、全てが黒い眼が出来上がる。この黒い眼はダークキャットの眼を模倣(もほう)したものであり、人間の眼より性能が落ちる。つまりソーサリーアイは強化部品という事になる。

龍島が黒魔石から魔導コアと指輪を作った。その後、生活魔法使いである俺の出番である。

「次は、シャドウクレイにD粒子を練り込んでもらうとするか」

「分かりました」

この作業は何度もやった。確実に均一になるように丁寧にD粒子を練り込んだ。出来上がったものを龍島に渡す。そのシャドウクレイを使って龍島が猫の形を作り上げる。龍島の造形力はさすがという他なかった。ソーサリーアイとソーサリーイヤーを組み込み、最後に魔導コアを頭に埋め込む。その後、頭部や顔を仕上げていく。龍島は猫の小さな鼻やヒゲさえも再現した。

「いいだろう。これに魔力を注ぎ込んでくれ」

俺が魔力を注ぎ込みながら、猫の骨格や筋肉をイメージする。但し、心臓や肺などの臓器は無視した。臓器はシャドウパペットにとって弱点となるからだ。骨格が作られ、それを覆うように筋肉が形成された。最後に毛並みや顔が生きた猫のように変化する。その様子を龍島はジッと見ていた。

「なるほど、骨格や筋肉までイメージしておるのじゃな」

見抜かれてしまった。イメージなしでも魔導コアに込められているダークキャットの基礎構造を模倣するのだが、イメージがあるとより細かな部分も再現するようだ。猫型シャドウパペットが完成。本物の黒猫と見分けがつかないほど精巧に作られたものになった。龍島がニッコリ笑うとシャドウパペットを抱き上げる。満足した龍島は、特別なソーサリーアイを作製する事を約束してくれた。俺はホッとして渋紙市に戻ると支部長に報告した。

「よくやってくれた。後藤君たちも黒魔石とシャドウクレイを持ち帰るだろう」

その言葉通り、後藤たちは大量の黒魔石とシャドウクレイを手に入れて戻ってきた。


それから数日後、龍島から三体分のソーサリーアイが届く。それはカエルの眼球を模倣したもので、サングラスのような魔道具とセットになっていた。全ての材料が揃ったので、蛙型シャドウパペット三体の作製を開始する。

一日掛けて三体の蛙型シャドウパペットが完成し、その中の一体は俺に任された。今回はメティスに任せるというような事はせず、歩く動作からジャンプや平泳ぎができるようになるまで訓練する。シャドウフロッグの黒魔石から作られた魔導コアには、魔物だった時の基本動作がインプットされており、それを元に学習させる事になる。


蛙型シャドウパペットの訓練が終了した後、俺と『蒼き異端児』は鳴神ダンジョンの三層へ向かった。海岸から後藤の冒険者用小型船に乗る。黒鉄製の船で砕氷船並みの頑丈さがあるらしい。神殿が発見されたポイントは海岸から九キロほど沖で、大きな島が近くにあった。そのポイントに到着した俺たちは、船を止めて蛙型シャドウパペットを影から出す。残りの二体は、後藤と白木(しらき)という冒険者がマスターとなっている。

「さて、神殿調査だ。プチロドンもそうだが、他にも魔物が居るかもしれない。慎重に行こう」

後藤の合図で俺たちは例のサングラスを掛けると、シャドウパペットを海に飛び込ませた。区別が付くように俺のシャドウパペットは緑のベストを着ている。後藤が赤で、白木が白だ。このベストは冒険者ギルドの加藤が作ったものらしい。彼女は洋裁が得意なのだという。

俺の脳裏に海中の光景が送られてきた。映像受信機がサングラス型だったのでサングラスのレンズに映像が映し出されるのかと思ったら、映像は脳に直接届いた。赤いベストを着た蛙型シャドウパペットが深く潜っていく。海底にトンネルのような大きな穴があり、そこを抜けると神殿のようなものが見えた。その神殿の前を数匹のプチロドンが泳いでいる。赤ベストは右側にある岩場へ向かう。岩陰に隠れながら神殿に近付くようだ。

俺はシャドウパペットに付いて行くように指示した。三体の蛙型シャドウパペットが岩陰に隠れながら、神殿へと近付く。これが人間だったら発見されていただろう。神殿から七メートルほどの距離まで近付いたところで、隠れる岩がなくなった。俺たちはプチロドンの注意を逸らす事にした。

後藤の指示で『蒼き異端児』の攻撃魔法使いが海底に向かって『ヘビーショット』を発動した。魔力榴弾が海底に突き刺さり爆発する。その瞬間、神殿前で遊泳していたプチロドンたちが、一斉に反応して爆発した場所へ向かった。俺たちはシャドウパペットを神殿に向かわせる。

神殿に入った俺たちは、通路を奥に向かった。奥に部屋があり、入り口から中を覗くと大きな神の彫像がある。王冠を被って杖を持つ人魚のような神だ。ここは祈りの間なのかもしれない。俺たちは中に入って調べ始めた。すると、その部屋の四隅に宝箱を発見。その他に部屋の壁に文字が刻まれているのを見付けた。魔法文字で書かれており、『汝たちに告げる。我は三つの宝を用意した。選択を間違いし者は、大いなる罰を受けるであろう』とあった。四つの宝箱の中で一つはトラップだという事だろう。

　宝箱は四つ存在し、正体不明の何者かは宝を三つ用意したと書き残している。残る一つには何が入っているのだろう。俺たちは宝箱を開ける前に、何か手掛かりがないか調査した。宝箱はダンジョンで見た宝箱の中で一番小型だった。工具箱ほどの大きさで蛙型シャドウパペットでも持ち運べそうだ。そして、丸い台の上に乗っている。その台に文字が刻まれていた。

　それには見覚えがあった。これは『3』を意味する魔法文字だな。だとすると……。俺はシャドウパペットに指示し、四隅にある全ての宝箱が置かれている台を確認する。他の台には『7』『13』『31』を意味する魔法文字が書かれていた。

　これがヒントなら、数学に強い者でないと解けない問題なのかもしれない。だが、ここには居ないので、三人の直感に賭ける事にした。最初に俺が選ぶ事になり、『31』の宝箱を選んだ。次に後藤が『7』を選び、最後に白木が『13』を選んだ。選んだ順番で箱を持ち上げる事になったが、箱は台座に固定されていた。

この場で蓋を開けて中身を取り出さないとダメなようだ。俺は蓋を開け中身を確認すると、水筒みたいなものだった。次は後藤が宝箱の蓋を開け同じく水筒みたいなものだと分かった。最後に白木が宝箱の蓋を開けた瞬間、部屋全体が揺れた。天井の一部が落下して、そこから巨大なウツボが飛び出す。全長十二メートルほどの化け物ウツボが、白木のシャドウパペットを口に咥（くわ）えると鋭い歯で噛（か）み砕いた。

残念な事に神殿内は薄暗く飛び込めるような影がない。俺はシャドウパペットに全速で逃げるように指示した。それは後藤も同じだった。水筒を握り締めたシャドウパペットは必死で泳いだ。通路を抜けるとプチロドンが待つ場所である。構わずトンネルに向かって泳ぐ。

プチロドンが近付いてきたが、巨大ウツボの姿を見ると動きが止まった。巨大ウツボは邪魔なプチロドンに噛み付き、その肉を噛み千切った。その間にシャドウパペットはトンネルに飛び込み、脱出する。だが、巨大ウツボは諦めない。プチロドンの肉を吐き捨てると、シャドウパペットを追ってトンネルに飛び込んだ。シャドウパペットは全速で泳ぎ海面から飛び出すと後藤の小型船に逃げ込んだ。

俺はサングラスを外すと、セブンスコールドショットを海面に向けて放つ準備をする。後藤たちも身構えて海面を睨（にら）んでいた。次の瞬間、巨大ウツボが海面から飛び出し、俺たちに襲い掛かった。Ｄ粒子冷却パイルが飛翔（ひしょう）し、巨大ウツボの胴体に突き刺さり、突進の勢いを止めて胴体の一部を凍らせる。後藤たちの魔法も巨大ウツボに命中し、大きなダメージを与えた。だが、どれも致命傷にはならなかったようだ。海面でのた打ち回る巨大ウツボに向かって、魔装魔法使いである白木が斬馬刀を手に持ち、跳ぶ。

「あっ！」

俺は思わず声を上げた。白木が跳んだ先は海なのだ。白木の足が海面を蹴った。すると、地面を蹴ったかのように白木の身体が跳び上がる。

海面で暴れる巨大ウツボの近くまで来た白木が、その頭に斬馬刀を振り下ろす。特別製の斬馬刀なのだろう。硬そうな巨大ウツボの頭が切り裂かれた。白木は激怒しているようだ。何度も巨大ウツボに斬撃を加え息の根を止める。

「あっ、そうか。白木さんのシャドウパペットが、こいつに食べられたんでしたね」

後藤が頷いた。

「見たくないものを見たんじゃないか」

蛙型シャドウパペットのソーサリーアイは、薄暗い所でも見えるように作られていたのだ。

白木が戻ってきた。

「後藤さん、お宝は何だったんです？」

その言葉で思い出した。俺はシャドウパペットが持ち帰った水筒みたいなものを手に取った。

「水筒にしか見えないですね。ちょっと調べてみます」

俺は鑑定モノクルを出して調べてみた。すると、『不変ボトル』という魔道具である事が分かった。

「不変ボトルですね。中に入れたものの変化を止める機能があるようです」

それを聞いた後藤が笑顔を見せて頷いた。

「こいつは、万能回復薬の入れ物だな」

それを聞いた俺は、どれほど価値のあるものなのか理解した。冒険者にとっては、凄い宝物となる。俺たちは地上に戻る途中で、泉に寄って不変ボトルに水を入れた。皆で冒険者ギルドへ行って報告する。

「生身で海中神殿へ行って、巨大ウツボと遭遇したら、全滅していたかもしれんな」

報告を聞いた近藤支部長が言った。

「そうですね。エアボンベを背負ってでは、神殿に入るのも難しかったはずです」

後藤が支部長の言葉を肯定した。

「ところで、二つの不変ボトルはどうするんだ？」

「一つはグリムのものにすればいい」

俺は後藤の気前の良さにびっくりした。

「でも、それだとあまりにも不公平です」

「いいんだ。その代わりに蛙型シャドウパペットを、譲ってくれ」

後藤たちはもう一度海中神殿へ行って、残っているはずのお宝を回収するという。そのために蛙型シャドウパペットが必要だそうだ。俺は承知した。俺たちが報告した情報は、すぐに冒険者たちの間に広まった。おかげで蛙型シャドウパペットに注目する者が増えたようだ。ちなみに神殿にあった宝箱の数字は、何とか素数というもので『13』だけが仲間外れだったらしい。

亜美はグリムの弟子となった。アリサたちの妹弟子という事になる。と言っても、学校があるので一週間に一回だけタイチも加えた三人で水月ダンジョンに潜って教えを受けるという事になっていた。その御蔭で生活魔法に関する知識と技量は格段に向上した。そして、シャドウパペットに関しては、魔法レベルが『8』になってから教わる事になっている。

五月の連休になり、亜美は実家に帰る事にした。休みには帰って来いと父親の忠政が五月蠅いのだ。大きな屋敷の玄関から入ると、客間から声がする。お客が来ているようだ。亜美はそのまま二階にある自分の部屋まで行って、荷物を置く。それから階段を下りて台所へ行った。そこでは忙しそうにしている母親の姿があった。

「ただいま」

「お帰りなさい。新しい学校はどうなの？」

「上手くやってるよ」

亜美は母親の手伝いを始め、お茶を持って客間へ行く。お客というのは、A級冒険者の高瀬龍二だった。

「ありがとうございます。お嬢さんですか？」

亜美がお茶を出すと、話し掛けられた。

「はい、三女の亜美と申します」

父親が亜美に顔を向けた。

「こちらはA級冒険者の高瀬さんだ」

「ご活躍は聞いています。凄い冒険者だと尊敬しています」

「尊敬されるほど凄くはないよ。世界冒険者ランキングでは、やっと百位以内に入っているという感じだからね」

高瀬は謙遜しているが、百位以内に入るというのは凄い事だった。

「お嬢さんも冒険者なんですか？」

「ああ、魔法学院の生徒だ。将来は生活魔法使いになるそうだ」

「生活魔法か。フランスで行われた世界冒険者フォーラムで、空を飛ぶ魔法が噂になっていましたよ」

生活魔法については情報が少ないという話が出たので、亜美はもうすぐ教科書が完成する事を教えた。

「それはいい。フランスの友人に教えよう」

それが切っ掛けでグリムとカリナが作った教科書が、世界中で販売される事になる。

亜美が部屋から出て行こうとすると父親が引き止め、一緒に話を聞いて欲しいと言う。亜美は不思議に思ったが、頷いて父親の隣に座った。

「ところで、世界冒険者フォーラムで日本冒険者ギルドへの依頼があったそうだね？」

「ええ、一緒に出ておられた潮崎理事長から聞かれましたか？」

潮崎理事長というのは、日本冒険者ギルドのトップである。但し、八十歳になっても理事長という地位にしがみついている老害であり、会議中であっても寝ている事がある人物だった。日本の衆院本会議中でも居眠りしている議員の姿がテレビに映る事がある。それと同じように世界冒険者フォーラムでも潮崎理事長は寝ていたらしい。寝ぼけていた潮崎理事長は、生活魔法に関する依頼だったという事だけは覚えていたが、詳しい内容は分からないという。

それを聞いた慈光寺理事は、理事長の頭を引っこ抜いて信楽焼きのたぬきの頭と取り替えようか、と本気で思った。慈光寺理事は潮崎理事長がど忘れした事にして、高瀬から依頼の内容を聞き出した。

「なるほど、生活魔法について疑問点があるので、それを説明できる人物を用意して欲しいという事か」

　亜美が父親に顔を向けた。

「それってグリム先生の事ですか？」

「そのグリム先生というのは、ジービック魔法学院の教師なのか？」

「元教師です。今はC級冒険者として、上級ダンジョンで活動されています」

「ああ、生活魔法使いとして、初めてC級冒険者になったという人物だな」

「そうです。グリム先生以上に生活魔法に精通している冒険者はいません」

「なるほど、その人物に頼む事になりそうだ。それで疑問点の答えを手紙にして出せば良いのかね？」

　高瀬は首を振った。

「そうではなく、フランスからA級冒険者のクラリス・レアンドルが来日すると言っていました」

　それを聞いて慈光寺は目を丸くした。クラリスと言えば、世界冒険者ランキングで七位の人物だったからだ。そればかりではない。彼女は絶世の美女で冒険者にとって憧れの的だった。世界冒険者ランキングで七位の冒険者は、冒険者ギルドにとって小国の元首よりランクが上だ。

「高瀬さんは、クラリスさんと知り合いなんですか？」

　亜美が高瀬に尋ねた。

「あまり話した事はないが、会えば挨拶くらいは交わす」

それを聞いた慈光寺理事は、案内役を頼めないかと尋ねた。

「空港から、渋紙市まで連れて行って、そのグリム先生という人物に会わせるまでだったら、引き受けますけど、それ以上は無理ですよ」

慈光寺理事は頷いた。

「それでいい。通訳も必要だろうから、それは冒険者ギルドで用意する」

亜美が父親に尋ねた。

「グリム先生の承諾はどうするの?」

「クラリス・レアンドルに会いたくないなどという冒険者は、存在しない」

慈光寺理事が笑って断言した。それほどクラリスは有名人であり、魅力的な女性だった。

俺はクラリス・レアンドルに会えると冒険者ギルドの近藤支部長から聞き、二つ返事で引き受けた。クラリスは世界トップクラスの魔装魔法使いである。彼女の愛剣バルムンクは、五大ドラゴンさえ簡単に倒せると言われている。五大ドラゴンというのは、炎、水、地、氷、光の属性を宿すドラゴンである。上級ダンジョンの深層で遭遇する事があるらしい。

「支部長、そんな凄い冒険者が、今更他の系統の魔法を習うのは、なぜです？」

「あるダンジョンを攻略するために、飛ぶ必要があるそうだ」

そういう事を考える冒険者は、これから増えるだろう。

「そうですか。Ａ級冒険者だとすぐに魔法レベルが上がりそうですね」

「まあ、そうだろうな。Ａ級なんていうのは、本当の化け物だからな」

Ｃ級の上条がどんどん魔法レベルを上げたのには驚いたが、クラリスはそれ以上だろう。


数日後、クラリス・レアンドルが来日した。この時代の飛行機は、外観は昔とほとんど変わらない。但し、コンピュータなどの機械が使えなくなったので、長距離飛行する時はパイロットの数を増やす事になっている。人間がコンピュータの代わりをしているのだ。

クラリスは高瀬に案内されて渋紙市の冒険者ギルドへ来た。その日に彼女が来る事を知った冒険者たちは、朝から冒険者ギルドで待っていた。高瀬がクラリスを連れてギルドに入ると、待ち構えていた冒険者の口から歓声が上がる。

クラリスを見た第一印象は女神が降臨したというものだった。美しい女性である事はもちろんだったが、その存在感が半端ではない。経験により蓄積された自信は、彼女の魅力となって人々を魅了している。これがカリスマというものなのだろう。支部長が強張った顔で挨拶してから、彼女を支部長室へ案内した。俺と高瀬も付いて行く。

「彼が生活魔法の第一人者である、グリム・サカキです」

「こんな若い冒険者だとは思ってもみませんでした」

クラリスが流暢な日本語で答えた。冒険者ギルドは通訳が必要かと思い用意しようとしたのだが、クラリスに確認すると日本語は習得しているので必要ないと言われたらしい。これだけ流暢なら当然だろう。

「時間がないので、短期間に生活魔法を使った戦い方を教えて欲しいのです」

俺はクラリスがどこまで生活魔法を習得しているか尋ねた。

「魔法レベルは『6』、『コーンアロー』『サンダーボウル』『ブレード』『ジャベリン』を習得しています」

どれも魔物を攻撃するために覚えたものなのだろう。

「生活魔法の基本である『プッシュ』は覚えた方がいいでしょう。それに『ウィング』を習得するなら、『エアバッグ』も覚えた方がいい」

「なぜ『エアバッグ』を？」

「空中で何か起きた時の安全対策です」

「どういう風に使うのか、教えてください」

俺はクラリスを窓に誘った。そして、窓を開けると飛び下りた。支部長室は二階なので、それほど高くはないが、落下途中で『エアバッグ』を発動し、落下を止めてから地上に着地した。

「素晴らしい。私は『エアバッグ』と聞いて、急停止したい時に使うのだと思っていました」

魔装魔法使いの彼女は高速移動しながら戦う事が多く、その時の急停止用だと思っていたらしい。せっかく地上に下りたので、訓練場へ行って教える事を提案した。俺たちが訓練場へ向かうと、他の冒険者たちがぞろぞろと見物に付いてきた。

「クラリスに関連して、一つだけ注意しておく事がある」

高瀬が俺の横を歩きながら、小声で言った。

「何でしょう?」

「彼女の年齢に関しては、トップシークレットだ。年齢を尋ねるなんて、絶対にしてはいけない」

「まあ、女性に年齢を尋ねるのはマナー違反ですからね。尋ねませんけど、そんな事をした人が居るんですか?」

「昔、愚かな勇者が一人居て、そいつは冒険者をやめたらしい」

何をしたクラリス。A級なんて化け物だからな。言葉には気を付けよう。訓練場に到着して、クラリスから『ブレード』の使い方を教えてくれと頼まれた。三本の丸太が用意され、訓練場の中央に五メートルほど離して三角形になるように置いてもらう。

俺が三角形の中心に立ち黒意杖を構えると、クラリスが首を傾げた。俺と三本の丸太との距離は二メートル半ほど、『ブレード』が最大威力を発揮するには近すぎる。俺は深呼吸をしてから、黒意杖を振り上げながら後ろに跳んだ。正面の丸太との距離が五メートルになるように着地しながら黒意杖を振り下ろす。その動きを追うようにセブンスブレードを発動しV字プレートが丸太を縦に真っ二つにした。

俺は右に跳びながら黒意杖を横に薙ぎ払う。丸太が切断され地面を転がると同時に移動する。最後の丸太と五メートルの位置に移動した俺は、袈裟懸けに黒意杖を振り下ろす。その動きを切っ掛けとして形成されたV字プレートは丸太を斜めに斬り裂いた。

「トレビアーン」

笑顔のクラリスが拍手した。続いて高瀬と支部長が拍手する。他の冒険者は顔を強張らせている者、驚きの表情を浮かべている者などが居る。

「素晴らしい。特に魔法を発動する早さが驚異的ですね」

「『ブレード』を発動する切っ掛けを、こいつを振る動きに合わせているので、発動が早いのです」

俺は黒意杖をクラリスに見せた。

「なるほど、動作を魔法発動の切っ掛けとしているのですか。面白いです」

丸太を用意して、クラリスに多重起動の『ブレード』を実行してもらう。初めは発動に時間が掛かっていたが、すぐに慣れて早く発動できるようになった。クラリスは俺が少し助言するとコツを会得して生活魔法の技量が上がった。これだからA級冒険者は化け物だと言われるのだろう。

　上条が凄い勢いで生活魔法を上達させたのを見てC級は化け物だと思ったが、A級こそ本当の化け物だった。身体を動かし魔法を連発したクラリスは薄(うっす)らと汗をかき上気している。それがもの凄く魅惑的で、見物している男性冒険者たちが魅了されていた。見物人の中には女性冒険者も居るのだが、彼女たちも魅了されている。クラリスの仕草一つ一つに人を惹(ひ)き付(つ)けるものがあるのだ。

「今日はここまでにして、明日はダンジョンで教えて欲しいのですが、良いですか？」

「もちろんです」

　俺は冒険者ギルドから依頼を引き受ける報酬として、ギルド本部で保管されている巻物の中から三本だけもらう約束をしていた。十分な報酬をもらうのだから、それだけの働きはする。

　次の日、鳴神ダンジョンへ向かった。クラリスと待ち合わせて中に入る。

「グリムは、ソロで活動しているの？」

「ええ、チームを組んでくれる仲間を見付けられませんでした」

「そう、私もソロなのよ」

　世界冒険者ランキングで三十位以内の冒険者は、ソロで活動している者が多いそうだ。実力が違いすぎてチームを組めないらしい。

俺たちは一層の草原が広がるエリアで、ゴブリンやオークを倒して進み、オークナイトが棲み着いている森へ入った。クラリスの魔法レベルを上げるためである。クラリスはクイントブレードを使ってオークナイトを次々に倒した。オークナイトの攻撃を軽く受け流し、クイントブレードの一撃で首を斬り飛ばしている。

その舞うような動きは華麗であり、恐ろしくもある。オークナイトが自ら命を差し出しているかのように見える。クラリスがオークナイトの動きの先を読んで攻撃しているからだろう。オークナイトはクラリスにとって物足りなかったようで、ブルーオーガと戦いたいと言い出した。

「ブルーオーガだと『ジャベリン』や『ブレード』では仕留められませんよ」

「大丈夫よ。生活魔法でダメージを与えた後で、私の剣で仕留めるから」

クラリスにとって、ブルーオーガも雑魚扱いのようだ。実際にブルーオーガと戦うと、生活魔法で翻弄した後に愛剣バルムンクの一撃で仕留めた。

「魔法レベルが『7』になったみたい。ブルーオーガだと効率がいいようね」

それはそうだろう。C級昇級試験の課題になるほどの魔物なのだ。そのブルーオーガをクラリスは次々に倒していった。ダンジョンが薄暗くなる頃には、魔法レベルが『8』になったようだ。やはりA級冒険者は化け物だ。

「目的が『ウィング』なので、それは習得するとして、他に習得した方が良いという生活魔法はありますか？」

『ハイブレード』と『センシングゾーン』は、お勧めです」

『ハイブレード』は『ブレード』の強化版ね。『センシングゾーン』というのは？」

「攻撃魔法の『マナウォッチ』と同じ探知系で、Ｄ粒子の動きから魔物の動きを感知します」

クラリスは納得して頷いた。俺が『センシングゾーン』を何度も使うと、使っていない時でもＤ粒子を感じられるようになると教えると目を輝かせた。魔装魔法の探知系は、聴覚や視覚などの元々持っている五感を強化して気配を探り出すというものだ。なので、こういう五感以外の感覚が使えるようになるというのは嬉しいようだ。

『ウィング』と『ハイブレード』『センシングゾーン』を習得し使い熟せるようになったクラリスは、フランスに帰っていった。

フランスに帰国したクラリスは、パリの郊外にある大きな屋敷に入った。
「エミリアン様、日本から戻りました」
「待っていたよ。グリム・サカキという冒険者の調査は、苦労したのではないか？」
クラリスにグリムの事を尋ねたのは、三十前後の青い瞳をした男性だった。

「運良く日本の冒険者ギルドが用意した人物がグリムでしたので、苦労する事なく調査できました」

テオドール・エミリアンは、フランスが誇るワイズマンだった。冒険者としてはA級で、世界冒険者ランキングでは、三十七位となっているが、実力は上位十位以内に入っている冒険者より上だと言われている。それは自分だけしか使えないワイズマン独自の魔法をいくつも秘匿(ひとく)しているからだと言われている。

「彼は私と同じワイズマンだったのか？」

「確かめられませんでしたが、手応(てごた)えは感じました。A級冒険者である私を相手にしても、何かで優位にあると確信しているようでした」

クラリスが次々に生活魔法を習得しても、余裕のある態度で見守っていた。まるで数年前に出会ったテオドールと同じだった。

「他のワイズマンたちも気付いているのでしょうか？」

「十二人目のワイズマンが現れたかもしれないという事は、気付いていない。私も新しく登録された生活魔法を詳しく研究して、ようやく到達した事実だからな」

テオドールは、最近になっていくつも新しい生活魔法が登録された事を不思議に思い、研究したのである。

クラリスが帰国した後、俺は冒険者ギルド本部の倉庫へ来ていた。ここの倉庫にはオークションで値が付けられず、巻物の出品者が所有権を放棄した巻物を保管している場所がある。

「これは凄いですね」

倉庫の一角に積み上げられた巻物を見て、俺は声を上げた。千本以上の巻物があるだろう。

俺の声を聞いて、慈光寺理事が笑みを見せた。

「オークションで値が付けられなかった巻物は、この本部で保管していたのだが、このままでは溢(あふ)れると判断して各支部で保管するようにしたのだ。だから、ここにある巻物は、冒険者ギルドが設立された初期に発見されたものが、ほとんどのはずだ」

積み上げた後は調査もされずに放置されていたようだ。これを一本一本調べるとすると一日掛かりそうだ。

「ところで娘の亜美が、君の弟子になったそうだね？」

「ええ、同じ弟子のタイチと一緒に水月ダンジョンで鍛えています」

慈光寺理事の目がキラッと光った。

「ほう、タイチ君というのは、どのような冒険者なのかな？」

「同じ魔法学院の生徒です。努力家で才能もある少年ですよ」

慈光寺理事がタイチのフルネームを教えて欲しいというので教えた。俺は見張り役の職員と一緒に倉庫に残り、巻物の調査を始めた。鑑定モノクルを装着し賢者システムを立ち上げ、巻物を一つずつチェックする。生活魔法に関連する巻物は、賢者システムが即座に反応するので簡単に分かる。次に鑑定モノクルで調べると、中身が分かるものが三割ほどある。鑑定モノクルは分析魔法の『アイテム・アナライズ』より性能が良いらしい。

残りの七割は賢者システムを使って調査する。この作業を一日続けて、生活魔法の巻物二十二本とD粒子二次変異の特性魔法陣が描かれた巻物一本を発見した。ただ生活魔法の巻物二十二本の中で、すでに魔法庁に登録されているものが十八本あり、新しいものは四本だけだった。『液体の温度を計る魔法』『鼻水を除去する魔法』『耳掃除をする魔法』『荷物を持ち上げる魔法』の四つが、魔法庁に登録されていない魔法である。この四本の巻物と特性魔法陣の巻物を手に入れる事にした。三本はクフリスに生活魔法を教えた報酬として手に入れ、残りの二本は金を出して購入する。

マンションに帰ると、俺は特性魔法陣の巻物を開いて確認する。やはりD粒子二次変異の特性魔法陣だった。自動的に賢者システムが立ち上がり、魔法陣の情報を吸い上げる。そして、賢者システムのD粒子二次変異のところに新しい特性が追加された。

「へえー、こいつは〈ベクトル制御〉の特性か。Ｄ粒子に付与された特性の効果を発揮する向きを制御できるとあるけど、具体的にはどういう風に使うんだ？　また訳が分からない特性を引き当てたかな」

前回は〈手順制御〉という特性を手に入れたが、未だに使い方が分からない。集中的に調査研究すれば分かるかもしれないが、今は実績を上げるために上級ダンジョンの探索に力を入れているので放置している。

生活魔法の四つの巻物は使用して習得した。液体の温度を計る魔法は『サーモメーター』、鼻水を除去する魔法は『ノーズクリーン』、耳掃除をする魔法は『イヤークリーン』、荷物を持ち上げる魔法は『Ｄジャッキ』として魔法庁に登録する事にした。

翌日、冒険者ギルドへ行くと支部長が待っていると言われた。

「支部長、何か御用ですか？」

支部長室に入って尋ねた。

「慈光寺理事から、本部の倉庫で手に入れた巻物について、何か分かったのなら教えて欲しいと言われたのだ」

どうするのだろうと思いながら、俺は四つの生活魔法については教える事にした。どうせ魔法庁に登録するのだから分かる事なのだ。

『液体の温度を計る魔法』『鼻水を除去する魔法』『耳掃除をする魔法』『荷物を持ち上げる魔法』の巻物でした。魔法庁に登録するつもりです」

支部長が感心したように頷いた。

「ふむ、ダンジョン探索には、あまり役立ちそうにないが、習得したいという者は多いのではないか」

「慈光寺理事は、どうして知りたいと思ったのでしょう？」

支部長がニッと笑う。

「保管している巻物の中に、値打ちものがあるのなら、再調査してオークションにもう一度出そうと考えているのだ」

俺だけに儲けさせるのでは、冒険者ギルドが無能な集団だと言われるからだろう。

「そう言えば、後藤君のチームが、海中神殿から不変ボトルをもう一つ手に入れたそうだ」

巨大ウツボはまだ復活しておらず、蛙型シャドウパペットを持っている者なら簡単に手に入る状態だったらしい。

「巨大ウツボが復活したら、宝箱も復活するんでしょうか？」

「ああいうトラップ付きの宝箱は、同じ時期に復活するパターンが多い。ちなみにヒントは変わるのが普通だ」

「そうなんですか。ありがとうございます」

「これから、どうするんだ？」

「船の修理が終わったと連絡が来たので、海中の宝箱を探します」

「宝箱もいいが、四層へ下りる階段を探すのもいいぞ。階段の発見は冒険者としての実績になるからな」

冒険者としての実績は、宝箱よりも階段の方が大きいらしい。そして、人が足を踏み入れていない新しい層に初めて入ったという実績にもなるので、支部長としてはお勧めのようだ。

「へえー、知りませんでした。考えてみます」

支部長室を出てから、売店でコーヒーを買って待合室で飲んでいるとメティスが話し掛けてきた。

『一つ提案があるのですが』

「ちょっと待って、打ち合わせ部屋へ行こう」

俺が打ち合わせ部屋に入ると、メティスが話し始めた。

『上級の雷神ダンジョンの九層に、シャドウベアという魔物が居るのですが、これを狩りませんか？』

「それはシャドウ種のようだから、今度は熊型シャドウパペットを作ろうというのか？」

『ええ、この熊型だったら、護衛になると思うのです』

メティスは俺がソロで活動しているので、心配してくれているようだ。

「でも、四層への階段を探してからにしよう。実績を上げないと、B級になれないからな」

『そうですね。では、階段を探した後に、シャドウベア狩りという事にしましょう。それとクラリス様ですが、気を付けた方が良いと思います』

「どういう意味だ？」

『グリム先生が、生活魔法を教えている時、ずーっと観察しているようでした』

　俺をクラリスが観察していた。何だろう？　心当たりはないんだが。


　メティスと話し合った翌日、俺は鳴神ダンジョンの三層へ来ていた。近藤支部長の言葉に従って四層への階段を見付けようと思ったのだ。

『支部長は、どうして階段を探すようにアドバイスしたのでしょう？』

「たぶん俺の経験と実績が少ないからだろう」

『どういう意味です？』

「経験の少ない俺は、下の層へ行くほどエリアの攻略に時間が掛かるようになるはずだ。そうなると、新しい階段を見付けるなんてチャンスは、浅い層しかないと支部長は思ったんだ」

『なるほど納得です。でも、ベテランたちが実績より宝箱を狙っているのは、なぜです？』

「ベテランたちは、俺のように短期間でA級になろうとはしていないんだ。支部長だけは、俺がA級になるのを期待しているから」

『階段はどうやって探しますか？』

「島を虱潰しに探していくしかない。一番遠い島まで飛んで、戻るようにして探そうと思っている」

俺は『ウィング』を発動してD粒子ウィングに鞍を装着すると跨った。この海エリアには九つの島がある。一回の飛行で九番目の島まで飛べそうにないので、七番目の島まで飛んでから、もう一度『ウィング』を発動するつもりだ。

七番目の島を目掛けて飛ぶ。他の冒険者たちにより、三番目の島まで調査が終わっているので、俺が調査する島は六つという事になる。なぜ島の調査が三つでストップしているかというと、三つの島を調べた後に海中で宝箱が発見され、冒険者たちの探索の目標が海中になったからだ。

七番目の島に向かう途中に、三番目と六番目の島の上空を通過する事になり、俺は島の様子を観察しながら飛んだ。六番目の島の上空を飛んでいる時に、その島の中央に巨大亀の魔物が居るのに気付いた。その魔物が気になった俺は島の海岸付近に着地して、周りを見回す。低木と雑草が生い茂っている以外は何もない島だ。

メティスは俺の影からコムギを出した。自分も探索に参加するつもりなのだろう。コムギは草むらに入って行った。俺も雑草を掻き分けて進み、島の中央へ向かう。コムギはすいすいと進んで行くが、俺は雑草と低木に邪魔されて苦戦する。

『上空から見た巨大亀を発見しました』

「すぐに行く」

俺はコムギを追った。すると、巨大な亀に遭遇。長さが五メートルほどで、島の中央に座り込んでいる。

『記憶にない魔物です。どうしますか？』

その魔物は俺が近付いても動こうとしなかった。まさか、亀の下に階段があるのでは？

「そいつを倒そう」

俺は離れた場所からセブンスパイルショットを撃ち込んだ。高速のＤ粒子パイルが巨大亀の甲羅に命中したが、弾かれた。

「嘘だろ。セブンスパイルショットは、一番貫通力のある魔法なんだぞ」

俺がそう言った瞬間、亀が頭と足、尻尾を甲羅の中に引っ込めた。

『亀が防御態勢になったようです』

この亀の頭や足も装甲みたいなものに覆われていた。この巨大亀が防御態勢になった時は、仕留めるのが難しそうだ。この魔物は自分を攻撃させて、魔力や体力を消耗させてから反撃するという作戦を取っているのだろうか？

甲羅と頭の装甲に目を向ける。どちらが防御力が高いか考えるまでもなく、引っ込めた亀の頭の部分を狙う事にした。

「念には念を入れて、こいつを使おう」

俺はマジックポーチから、D粒子収集器を取り出す。そのD粒子収集器に集めたD粒子を使って、ナインスコールドショットを甲羅の中に引っ込めた頭を狙って叩き込んだ。D粒子冷却パイルが巨大亀の頭蓋骨を貫き、ストッパーが開くと巨大亀の巨体がズズッと後ろに動いた。そして、冷却効果で脳が凍る。息の根を止めた巨大亀が消え、一瞬だけ階段が見えた。だが、次の瞬間巨大な甲羅が階段を覆い隠す。

「どういう事？」

俺は意味が分からず疑問を口にした。それに答えるように、メティスが話し始めた。

『これは巨大亀のドロップ品ですね。甲羅の背中側だけがドロップ品として現れたのです』

「ここのダンジョンは意地が悪いな。どうしても甲羅を破壊させようというのか」

『そのようです』

俺はニヤッと笑う。ダンジョンは一つだけ忘れている事がある。冒険者の中には容量が大きな収納アイテムの魔道具を持っている者が居るという事だ。俺は収納アームレットに巨大な甲羅を仕舞った。赤魔石〈中〉も落ちていたので拾う。

『グリム先生、海からマーマンの集団が近付いてきます』

その時になって、巨大亀の戦術が分かった。自分を攻撃させて魔力と体力を消耗させた後に、マーマンと共同して敵を倒すつもりだったのだ。俺は『フライングブレード』を発動する。周囲から大量のD粒子が集まり、二メートルほどの赤い剣が形成される。その柄を握って斬剛ブレードを一振りしてから構えた。

マーマンは手に槍を持ち、二十匹ほどの集団で襲い掛かってきた。斬剛ブレードが宙を舞い、マーマンを斬り捨てる。斬剛ブレードを最長の五メートルまで伸ばしてマーマンに向かって振ると、一度に二、三匹が斬られて倒れた。斬剛ブレードは長く伸ばすと切れ味が落ちる。〈斬剛〉の特性を付加したD粒子の厚みが薄くなるから仕方ないのだが、それでもマーマンが相手なら十分すぎる威力を持つ。五分ほどで全てのマーマンを倒すと、俺は一息ついた。『マジックストーン』を使ってマーマンの魔石を回収してから、階段を下りる。

四層に下りた瞬間、むっとする熱気を感じて周りを見回すと、広大な砂漠が広がっていた。遠くの景色が砂埃で霞んでいる。砂が混じった風を浴びて、ゴーグルが必要だと感じた。水月ダンジョンの砂漠エリアでは、ほとんど風がなかったので目を保護する必要を感じなかったが、この砂漠では必要らしい。俺は頭が疲れているように感じ、不変ボトルを出すと万能回復薬を飲んだ。魔力も回復しておこうと思ったのだ。万能回復薬を飲むと何だか頭もすっきりした。

『このまま引き返しますか？』

「いや、空から偵察して、どんな魔物が居るかだけでも確認しよう」

俺は『ウィング』を使って空からの偵察に出た。砂混じりの風のせいで視界が悪い。上空はまだ良いが、地上を歩いての移動だと、帰り道も分からなくなりそうだ。遠くに三角形の何かが見える。近付くとピラミッドのようなものだと分かった。そのピラミッドから、巨大な鳥が飛び立った。

「何だ？」

『ワイバーンですね』

「……ここにもワイバーンが居るのか」

そのワイバーンは俺に気付いたようだ。こちらに向かって一直線に飛んでくる。選択肢は二つ、戦うか逃げるかである。目的は達成したので逃げても良いのだが、戦う事にした。ワイバーンの強さを確かめたかったのだ。『ブーメランウィング』を発動して乗り換える。一時的に二つのものを制御する事になるので大変だった。

『ウィング』の魔法を解除した後、ワイバーンに向かって飛んだ。俺は『ブーメランウィング』で形成される飛行体を逆V字ウィングと呼んでいたが、戦闘ウィングと呼んだ方が良いようだ。『ブーメランウィング』は戦闘時しか使わないからだ。これは魔力消費が多いのが原因である。気軽に使うには、燃費が悪い魔法なのだ。

ワイバーンと空中ですれ違った。その瞬間、『マルチプルアタック』を発動する。小型D粒子パイルが散弾のように撃ち出され、ワイバーンの巨体に突き刺さる。ワイバーンが空中で悲鳴を上げた。大したダメージではなかったはずだが、痛かったのだろう。急旋回したワイバーンは、俺の背後の位置を取ろうとしているようだ。俺も急旋回して逃げた。背後から何かが迫っているのを感じて急上昇する。ワイバーンの口から吐き出された圧縮した空気が、俺の身体の下を通り過ぎた。ワイバーンの魔法である。

空中で宙返りした俺は、ワイバーンの背後を取った。そして、すかさず『サンダーソード』を発動。D粒子サンダーソードが飛翔しワイバーンを追う。D粒子の剣がワイバーンに追い付き、前方部分のD粒子から自由電子に変換され放出。一匹の龍のような稲妻がワイバーンに噛み付いた。その噛んだ場所からワイバーンの体内を駆け抜けた高圧大電流は、魔物の心臓を焼き致命傷を与えた。きりもみしながら落下したワイバーンが地面に激突する。

「魔石に変化しないな。タフな魔物だ」

俺は急降下するとトドメの一撃を与えようとした。接近した時、ワイバーンがピクリとも動かないのに気付いた。

「まさか」

俺はワイバーンの近くに着地。慎重にワイバーンに近付き生死を確認する。

『死んでいるようですね。ダンジョンエラーです』

久々のダンジョンエラーだった。ワイバーンは皮をドロップする事が偶にあるが、ダンジョンエラーとなる確率は非常に低かったはずだ。

「ワイバーンの肉は食べられるのか？」

『ええ、食べられます。ワイバーンの肉の唐揚げやフライドチキンは美味しいそうです』

「丸ごと持って帰ろう」

『それがいいです。特にワイバーンの喉の部分にある魔効骨は、魔道具の材料となるようです』

その魔効骨がある御蔭で、ワイバーンは魔法が使えるらしい。ワイバーンの死骸を収納アームレットに入れた。その後、ピラミッドのようなものを確かめようと近付いたが、そこはワイバーンの巣になっているらしい。何匹ものワイバーンがピラミッドから飛び立つのを目撃して引き返す事にした。


地上に戻って冒険者ギルドへ行った俺は、受付で鳴神ダンジョンの四層へ下りた事を報告した。

「凄いですね。その若さで一番乗りするなんて」

受付の加藤が褒めてくれた。俺の後ろに冒険者たちが集まってきて、報告している内容を聞き取ろうと耳を澄ましている。俺がワイバーンを倒し、それがダンジョンエラーを起こしたと聞くと、背後の冒険者たちがザワッとする。

「本当ですか。裏に回りましょう」

ギルドの裏には、特別な場所がある。ダンジョンエラーを起こした魔物を解体する施設だ。解体ができる職員が呼び出されると、支部長も見物に来た。

「グリム君、本当に四層への階段を見付けたそうじゃないか。よくやった」

「幸運でした。島の真ん中にデカい亀が居たので、気になったんですよ」

「運だけじゃない。タンクタートルを倒したそうじゃないか。あれの防御を破るなんて、難しい事だと聞いている」

あの巨大亀は『タンクタートル』という魔物だそうだ。日本のダンジョンでは初めて目撃されたという。アメリカの上級ダンジョンに棲息(せいそく)しているのだが、タンクタートルと遭遇した場合は戦わずに逃げろと言われているらしい。

俺が収納アームレットからワイバーンの死骸を取り出して床に横たえると、見物していた冒険者たちから歓声が上がる。

「ワイバーンか、デカいな。初めて見たよ」

そんな声があちこちで聞こえた。俺は死骸を冒険者ギルドへ売却した。但し、自分用に肉を分けてもらう。俺がよく行く唐揚げ専門店に頼んで、ワイバーンの肉を唐揚げにしてもらった。その大量の唐揚げをマジックポーチに仕舞い、日頃世話になっている冒険者ギルドの人たちや魔法学院の弟子たちに配った。

「凄く美味しいです」

「この美味しさは、半端じゃありません」

アリサたちは大喜びした。食べた全員が大喜びである。俺も食べたが、普通の鶏肉の唐揚げとは次元の違う美味しさだった。冒険者ギルドで解体された肉は、高級レストランや料亭、海外にも運ばれて、金持ちに食べられたらしい。

なぜかワイバーンの肉が新聞の記事となり、俺の事はワイバーンを倒した生活魔法使いとして一時期有名になった。ワイバーンより手強いファイアドレイクも倒しているのだが……。ちょっと納得できない点はあるが、上級ダンジョンで活躍する生活魔法使いが存在する事が世の中に少し知られるようになった。

その御蔭だろうか。魔法庁から来た登録魔法のライセンス料明細表を見て驚いた。ライセンス料が十倍ほど増えている。ライセンス料だけで生活できるほどの金額が銀行口座に振り込まれたようだ。

ちなみに今回のライセンス料の中には、まだシャドウパペットのライセンス料は含まれていない。俺が自宅マンションのソファーで魔法庁から来た明細表を見ていた時、メティスが俺の影からコムギを出した。

『グリム先生、テレビを点けていいですか?』

「ああ、構わないよ」

テレビの電源が入ると、イギリスのワイズマン、ロッドフォードが亡くなった事を報じていた。このワイズマンは分析魔法の賢者であり、数々の魔法を発表して分析魔法の発展に大きく寄与した。だが、この賢者が創った魔法を習得できる魔法レベルは『9』以下だ。

イギリス政府が少年時代のロッドフォードを賢者だと認定し保護した。そのせいで、ロッドフォードは自由な行動を制限され、ダンジョンに探索に行く事も外を出歩く事も少なくなったらしい。そのせいで魔法レベルが上がらず、高性能な分析魔法を開発できなかったようだ。

「こういう人生は嫌だな」

『そうですね。ですが、世界でただ一人の分析魔法の賢者が亡くなった事は重大ですよ』

その意味は俺にも分かった。分析魔法の賢者は、ダンジョンで発見された巻物を分析する第一人者だったのだ。ダンジョンで巻物が発見されると、『アイテム・アナライズ』で鑑定する。それで分からなかった場合は、分析魔法使いに預けられ調査する。この段階で七割が判明するのだが、残りの三割の中で、どうしても中身を知りたい場合はワイズマン・ロッドフォードへ調査依頼をしていたのだ。分析魔法の賢者システムは、分析魔法だけでなく全魔法を分析する機能があったようだ。

5　タイチと攻撃魔法使いチーム

ジービック魔法学院の生徒で攻撃魔法使いである西根は、なぜ上手くいかないのか悩んでいた。タイチをチームから追い出して攻撃魔法使いの前園をチームに入れたのだが、水月ダンジョンの七層くらいから攻略に手間取るようになった。

今日も七層の墓地エリアでゾンビ集団の奇襲を受け、撤退である。奇襲を受けた西根たちは魔法を乱射して魔力を使いすぎたのだ。

「チッ、何で感知できなかったんだ？」

西根が吐き捨てるように言う。それを聞いた前園が苦笑いした。

「地下に潜っているゾンビは、魔力感知が難しいんだから、しょうがないよ」

「ふらふら歩いていれば簡単に分かるのに、何で地面の下に居るんだよ」

それはここが墓地だからである。西根も分かっているが、愚痴りたくなったのだ。埋葬されていた死体がゾンビになり、地下から土を押し除けて現れたという事なのだろう。地上に戻るために階段を上っていると、後ろから刈谷が西根に呼び掛けた。

「西根、戦い方を変えた方がいいんじゃねえか？」

「変える？　どう変えるっていうんだ？」

「今回みたいに、魔力感知じゃ見付けられない魔物も居るんだ。だから、接近戦でも勝てるようにするんだ」

「具体的にはどうする？」

西根が刈谷に尋ねた。

「そ、それはこれから考えるんだよ」

階段を上がって六層に出ると、殺風景な荒野が目に入る。西根たちは重い足で地上へ向かう。その途中、誰かが戦っている気配に気付いた。西根たちは誰だか確かめるために近付く。

「あれはタイチたちじゃないか？」

前園が言うと、西根が笑う。

「そんなはずはないだろ。タイチはF級だが、他の連中はG級だったはずだろ」

「いやいや間違いないよ。あれは田畑と木元、それに三村だ」

タイチたちは大きなサソリと戦っていた。それはワイルドスコーピオンと呼ばれている大サソリの魔物で、全長が二メートルほどあった。尻尾には猛毒の針があり、大きなハサミは人間の腕くらいは切断しそうだ。西根たちは近付いて声を掛けた。

「よう、タイチ。おれたちが助けてやろうか？」

タイチがチラッと西根たちを見る。

「手助けは要らないよ」

そう言ったタイチがクイントブレードを発動し、D粒子の刃を大サソリに叩き付けた。その一撃でワイルドスコーピオンは頭を割られて消えた。タイチが魔石を回収してから西根たちに目を向ける。

「どこまで行ったんだ？」

「七層まで行って戻るところだ」

それを聞いたタイチがニヤッと笑う。

「もうすぐ追い付きそうだな」

西根が嫌そうな顔をする。チームを強くするためにタイチを追い出し、攻撃魔法使いの前園を入れたのだ。それなのに追い出したタイチに追い付かれるような事になれば、西根の面子（メンツ）は丸潰れだ。

「馬鹿を言うな。今日は調子が悪かっただけだ。本当なら九層まで行っている」

「へえー、そうなのか。だったら、僕たちも九層を目指そうぜ」

タイチがそう言うと仲間の亜美（あみ）やサナエが頷（うなず）いた。苦々しげな顔になった西根たちはタイチたちと分かれて地上に向かった。

残ったタイチたちは休憩しながら、どうするか相談を始めた。
「七層へ行くの？」
生活魔法使いのサナエが皆に尋ねた。すると、タイチが首を振った。

「いや、今日はここまでにして引き返そう」

「でも、時間はあるよ」

「七層は墓地エリアで、アンデッドだらけだからな。ちゃんと用意をしなきゃダメなんだ」

新しくチームに加わった亜美が首を傾げた。

「用意って？」

「アンデッドの中には、実体を持たない霊体の魔物も居るというのは習っただろ」

「ああ、そうか。霊体を攻撃できる武器を用意するのね」

「そういう事だ」

その時、付与魔法使いの郷が不安そうな顔をする。

「ちょっと待ってくれ。その霊体にも通用する武器というのは高いんじゃないのか？」

「新品だと安いものでも三十万以上するかな。でも、買えない金額じゃないだろ」

サナエや亜美、ヒカルは頷く。だが、郷だけは困ったような顔をした。その顔に気付いたタイチがジト目で郷を見る。

「今までのダンジョン探索で、百万円くらいは貯まっているはずだろ？」

「おれは宵越しの銭は持たない主義なんだ」

『宵越しの銭は持たない』という言葉は、江戸時代の町民の気性を示す言葉だそうだ。その日に稼いだ金はその日に使い切るという意味であり、それを粋だと江戸っ子は考えていたらしい。

もちろん、そんな江戸っ子ばかりだと経済が破綻してしまっただろうから、そういう粋な者は少数派だったんじゃないかと亜美は考えた。そして、アホじゃないのという目で郷を見ると、郷が目を逸らす。

「仕方ない。店で買うんじゃなく、骸骨ダンジョンへ行くか」

骸骨ダンジョンのボス部屋には精霊の泉というものがあり、その泉で武器に聖属性を付与する事ができる。その聖属性付きの武器なら、霊体のアンデッドを倒せるのだ。タイチの提案を聞いた分析魔法使いであるヒカルが異議を唱えた。

「でも、骸骨ダンジョンにはファントムが居るのよ。遭遇したら、どうするの？」

タイチたちはまだ骸骨ダンジョンへ行った事がなかった。仲間にファントムを倒せる魔法を使える者が居なかったからだ。

「大丈夫。聖属性付きの短剣を手に入れたから」

その短剣はグリムと一緒に骸骨ダンジョンへ行った時に、持っていた黒鉄製の短剣に聖属性を付けたものだ。

「質問、武器なら何でも良いの？」

亜美が質問した。

「鉄製やステンレス製はダメだ。でも、黒鉄製は大丈夫」

精霊の泉は黒鉄や赤鉄を鉄ではないと判別するらしい。値段は銀、赤鉄、黒鉄の順で高くなる。郷は一番安い銀製の短剣なら買えるというので、他の皆も短剣を買って骸骨ダンジョンへ行く事にした。

それから翌週の土曜日に集合した。場所は骸骨ダンジョン前である。装備に着替えてダンジョンの前に行ったタイチは、郷に確認した。

「銀の短剣は用意した？」

「もちろんさ、前回の探索で手に入れた資金があったからな」

銀の短剣は比較的安いので、郷でも買えたらしい。

「これからは、何かあった時のために、貯蓄はしておいた方がいいぞ」

「何のための貯蓄だよ？」

「ダンジョンで活動していれば、怪我をする事もある。その時には治療費が必要だろ」

「今まで大きな怪我なんかした事ないぞ」

タイチは溜息を漏らすと郷を見る。それからダンジョンを舐めるなと説教を開始した。それを仏頂面で聞いていた郷は、納得していないようだ。

「納得していないようだな」

「だって、怪我なら魔法薬で治るだろ」

「初級治癒魔法薬なら何十万円、中級なら何百万円もするんだぞ」

「えっ、そんなに高いのか？」

タイチや亜美がジト目で郷を見る。こいつは魔法薬がいくらすると思っていたのだ、という目である。それを確認すると、初級なら数万円だと思っていたらしい。

「それに魔法薬なんて病院でも不足しているから、普通の治療になって何日も入院する事になるかもしれないぞ」

「入院なんかしたら、愛ちゃんと会えなくなる」

「愛ちゃん？」

郷は『愛ちゃん』というアイドルのファンであり、そのコンサートやアイドルグッズにダンジョンで得た金を注ぎ込んでいたらしい。それを聞いた女性陣の目が冷ややかなものになった。

「いいじゃないか。それよりダンジョンに入ろうぜ」

郷が真っ先に骸骨ダンジョンに入った。タイチたちも中に入り、戦闘準備をする。この一層で遭遇するのはスケルトンや骸骨犬で、今のタイチたちなら瞬殺できる。タイチたちはアンデッドを蹴散らしながら、一層、二層、三層と進んで四層まで来た。その四層でオークスケルトンと遭遇して戦いとなった。オークスケルトンは力が強いだけなので、クイントプッシュで勢いを止めれば、簡単に仕留める事ができた。

「次はダンジョンボスが居る五層だ」

タイチが言うと亜美が首を傾げた。

「ダンジョンボスは復活しているの？」

「分からない。でも、僕たちならダンジョンボスが復活していても倒せるさ」

「そうかもしれないけど、油断はダメよ」

亜美の言葉にタイチが頷いた。それから四層を攻略し、五層に下りたタイチたちはボス部屋に向かって進んだ。途中、ファントムに遭遇するとタイチが聖属性付きの短剣で斬り裂いた。

『あううっ』

という声を残してファントムが消える。それを確認したタイチが嬉しそうに笑った。

「この声は、なんか癖になるな。また聞きたくなる」

それを聞いたヒカルが目を吊り上げる。

「冗談じゃない。幽霊みたいな魔物は嫌いよ」

ヒカルは幽霊が怖いらしい。まあ、そういう冒険者も少ないが存在するので、珍しい事でもない。

「そ、そうか。じゃあ行こうか」

タイチたちはボス部屋に向かって移動し、三十分後にボス部屋がある神殿に辿り着いた。入り口からボス部屋を覗き込むと、ダンジョンボスの姿が目に入る。

「うわっ、復活している」

郷が大きな声を上げた。復活した魔物は頭が二つあるツインヘッドスケルトンというアンデッドだ。こいつはスケイルアーマーを身に着け、二本の剣を持っている。そのアーマーの防御力は高いと聞いているので、アーマー以外のところを攻撃しなければならない。

ツインヘッドスケルトンが走り出した。二刀流というと剣の達人というように連想するが、こいつは強い力で二本の剣を振り回しているだけである。力任せの単調な攻撃だが、ビュンという風を切る音が聞こえるほど振る速度が速い。なので、ちょっと怖い。皆の顔が引き攣(ひ)(っ)っているのに、タイチは気付いた。

タイチ以外の四人がツインヘッドスケルトンの攻撃を避けるために逃げ回る。こいつは弱い者を狙っているようだ。一番体力がないヒカルが集中的に狙われた。タイチはヒカルを助けるために横からクイントプッシュを叩き付ける。すると、ツインヘッドスケルトンが左手に持っていた剣を落とした。拾う前にタイチが落ちた剣を蹴る。

「よし、剣が一つになったぞ」

ツインヘッドスケルトンは右手の剣を振り回して攻撃してきた。

「でも、あんまり変わらないみたい」

「攻撃する時の予備動作があるから、それを見付けて避けるんだ」

「予備動作って、何だよ?」

郷が大きな声で尋ねる。

「攻撃する時、肩を後ろに反らせるんだ」

その時、ツインヘッドスケルトンが右肩を後ろに動かした。タイチはクイントプッシュを放って攻撃を止める。攻撃が止まった瞬間、亜美がクイントブレードを二つある頭の右側に叩き込んだ。その一撃で頭蓋骨が割れ、頭が一つになる。

「次に予備動作をしたら、『プッシュ』で攻撃を止めて『ブレード』で仕留めるぞ」

タイチの指示に四人が頷いた。そして、ツインヘッドスケルトンが右肩を後ろに反らした瞬間、五人が次々にクイントプッシュを発動させ、D粒子プレートをツインヘッドスケルトンのあちこちに叩き付けた。頭一つになったダンジョンボスが片膝を突く。それを見た五人はクイントブレードを発動して一斉にD粒子の刃を振り下ろした。

五つの刃がツインヘッドスケルトンをバラバラにする。すると、ダンジョンボスが光の粒となって消えた。その時、五人の体内でドクンという音がした。それぞれの魔法レベルが上がったのだ。

「あっ、ドロップ品だ」

郷が黄魔石〈中〉を見付けて拾い上げた。他にないか探すと、薬らしい液体の入ったガラス瓶と黒鉄製短剣が発見された。短剣を見付けたタイチと亜美、ヒカル、サナエは郷の方を見て溜息を漏らす。

「何だよ。おれがダンジョンボスに頼んだ訳じゃないぞ」

「ダンジョンは、郷に黒鉄製短剣をプレゼントしたいみたいだ」

タイチが言うと亜美とヒカル、サナエが頷いた。

「私はそれでいいわよ」

ヒカルがそういうと亜美とサナエも賛成したので、黒鉄製短剣は郷に渡された。

「皆、ありがとう」

薬瓶らしいものは持ち帰って冒険者ギルドで確認する事にした。初級治癒魔法薬だとタイチは思うのだが、鑑定してもらわないとダメだろう。

「それじゃあ、精霊の泉を探そう」

タイチが精霊の泉を探し始めた。他の皆も探し始め、すぐに見付かった。神殿の奥の部屋に直径二メートルほどの泉があった。全員が泉に近付き、タイチ以外の皆が短剣を泉にポチャンと投げ入れる。泉の底には砂が溜まっており、その砂地に短剣が横たわる。

「ところで、聖属性付きの武器を買うと、高いのか？」

郷がタイチを見ながら質問した。

「最近の相場だと、普通の武器より一割くらい高いかな」

「だったら、聖属性付きの銀製短剣を買えば良かったんじゃないか？」

「聖属性付きの銀製短剣なんて、売っていない。聖属性付きの短剣は黒鉄製以上だったはずだ」

「何でだよ？」

「安い銀製短剣の一割しか利益がないんだぞ。ここまで来る手間やリスクを考えたら、銀製短剣じゃ商売にならないよ」

マジックポーチのような収納アイテムを持った者なら、安い短剣でも商売になるかもしれないが、マジックポーチを持っているほどの冒険者なら、こんな小遣い稼ぎのような事はしないだろう。そういう話をしているうちに、短剣に聖属性が付与されたので回収する。

無事に聖属性付きの短剣を手に入れたチームは地上に戻り、冒険者ギルドへ行った。回収した魔石を換金するためである。ドロップ品のガラス瓶の中身は初級解毒魔法薬だったので、売らない事にした。換金して帰ろうとした時、西根たちが冒険者ギルドへ入ってきた。

「おっ、タイチじゃないか。お前らもダンジョンからの帰りなのか？」

「そうだけど、そっちは水月ダンジョンか？　どこまで行ったんだ？」

「どこだっていいだろ。お前らが行った事がないというのは確かだ」

西根の言い方には棘があり、亜美たちは嫌な顔をした。

「ふん、どうせ大した事はないんじゃない。もしかすると、まだ九層にも行っていないんじゃないの」

亜美の言葉に西根が顔を歪めた。

「馬鹿を言うな。おれたちは攻撃魔法使いなんだぞ。ダンジョンでは、ほとんど役に立たないお前らと一緒にするな」

タイチが西根を睨んだ。すると、西根が睨み返してきた。西根は本気で生活魔法や分析魔法、付与魔法を役立たずだと考えているようだ。こんなやつが居るからグリム先生が苦労しているのだと、タイチは残念に思った。

「役に立たないですって。私たちは生活魔法を使えるようになっているのよ」

「生活魔法なんて、雑魚にしか通用しないだろ」

それを聞いた生活魔法使いのサナエが怒った。

「生活魔法使いのグリム先生がC級になったのを知らないの。情弱ね」

『情弱』は情報弱者の略であり、『知らないの？』と西根を馬鹿にしているのだ。それを聞いた西根が怒った。

「そのくらいは知っている。だが、グリム先生は別格だ。お前らのような生活魔法使いは、雑魚としか戦えないと言っているんだ」

「じゃあ、あなたたちが倒した魔物の中で一番強かったのは何よ？」

「そ、それは……アーマーボアだ」

それを聞いたタイチは感心したような顔をする。

「それじゃあ、十層の草原まで進んだのか。凄いな」

「そ、そうだろ。お前たちとは違うんだよ」

「だったら、チーム同士で模擬戦をしましょう。そうすれば、生活魔法使いの本当の実力を示せる」

亜美がそう提案すると、西根たちは顔をしかめた。西根たちは学校で行う模擬戦において良い成績を残していなかった。彼らの戦い方が先に発見して狙撃して倒すという戦い方だったからだ。その戦い方だと狭い訓練場で行われる模擬戦では勝てないと考えたのだ。

「ダメだ。模擬戦なんかじゃ、実力は測れない」

その話を聞いていたタイチは、中ボス狩りバトルの事を思い出した。

「だったら、中ボス狩りバトルみたいに競争にするのは、どうだ？」

タイチが提案すると、西根が少し考えて承諾した。この競争なら勝てると判断したのだろう。確かにタイチたちより先の層まで進んでいる西根たちに有利なのだ。

「勝負方法はお前たちが決めたんだ。ゴールはおれたちが決める。八層の一番高い巨木に棲み着いているリザードソルジャーだ。そいつを先に倒した方が勝ちとする」

西根が勝手に決めた。自分たちが有利になるように、タイチたちがまだ行った事がない八層をゴールとしたのだ。タイチたちは『せこいぞ』という目で西根を見た。

「何だよ？　ゴールが気に入らないのか？」

「それでいいけど、何でリザードソルジャーなんだ？」

「冒険者なんだから、リザードソルジャー狩りがゴールでもいいだろ」

おかしな事ではないので、タイチたちは承諾した。

その翌週の日曜日、タイチたちは水月ダンジョン前に集合した。全員が装備に着替えている。少し待っていると西根たちが来た。

「ふん、逃げずに来たんだ。その勇気だけは褒めてやる」

亜美が目を吊り上げて怒り、文句を言おうとするのをタイチが止めた。

「勝負の結果で、思い知らせればいい」

それを聞いた西根のチーム全員が笑う。西根がタイチに鋭い視線を向けた。

「それが冗談なら面白いが、本気なら自信過剰だ。早死にするぞ」

早死にしそうなのはお前たちだと、タイチは言いたかった。だが、そんな事を言えば面倒な事になりそうだったので黙る。

「準備はいいな。それじゃあ、スタートだ」

ダンジョンに入ると、西根たちとタイチたちは別々になって進み始めた。タイチたちは順調に進んで七層の墓場に到達する。タイチ以外は初めての場所なので進みがゆっくりとなる。

「アンデッドばかり出るエリアか、何でこんなのがあるのよ」

亜美が嫌そうに言うと、ヒカルも同意するように頷いた。サナエは割と平気そうだ。

「そろそろファントムが出そうだから、聖属性付きの短剣を用意して」

タイチが警告すると、全員が短剣の柄に手を掛ける。その三分後にファントムが現れた。悲鳴を上げながらヒカルが短剣を振り回してファントムを切った。

『あううっ』

地面にポトリと魔石が落ちた。幽霊が怖いヒカルでもファントムを倒せるようなので、タイチはホッとした。そのまま奥へと進んだタイチたちは階段を見付けると八層に下りた。八層には広大な森が広がっており、その中で一番高い木が左手の方角に見える。

「あの木がゴールなのね？」

亜美がタイチに確認した。

「正確には、あの木の下に居るリザードソルジャーを倒す事がゴールだけど、リザードソルジャーは倒すのが難しい魔物じゃないから、ゴールはあの木だと言ってもいいかな」

「早く行きましょう。西根たちには負けられない」

タイチたちは急いで向かった。

「なあ、タイチたちはどの辺だと思う？」

前園が西根に尋ねた。

「おれたちが八層に到着したところだから、まだ六層くらいじゃないのか」

「でも、七層でまた地下からゾンビが現れて、手間取ったじゃないか」

「それでもタイチたちに比べたら、おれたちの方が先に来ているさ。心配なのか？」

そう尋ねられた前園は顔をしかめた。

「そうじゃない。以前に戦い方を変えたら、という話をしただろ。今回も手間取ったから、本気で考えた方が良いと思うんだ」

「それはタイチたちに勝って、実力の差を見せ付けてからでいいだろ。さあ、着いた。ここなら、あのリザードソルジャーを簡単に仕留められる」

一番高い木がある場所の近くにある丘に登った西根たちは、そこから見下ろして驚いた。

「えっ、何で？」

「そんな……」

その木の下でタイチたちが休憩しているのが見えたのだ。西根以外の三人は、その場に崩れ落ちるように座り込んだ。

「そんなはずがない」

そう言った西根が急いで丘を駆け下り、タイチたちに近付いた。

「何で、お前らがここに居るんだ？」

西根が声を上げると、タイチがニヤッと笑う。

「決まっているだろ。僕たちが勝負に勝ったからさ。西根たちはいつも寄り道するから、僕たちが先に到着するのは当然だよ」

「寄り道って何だ？」

「接近戦になりそうになると、回避したり遠くから狙える場所を探して移動するじゃないか」

西根はこの勝負自体が、自分たちにとって不利だったのだと気付いた。

「お前、それが分かっていて、この勝負を提案したんだな」

タイチがギロッと西根を見た。

「一緒のチームだった時、何度も同じ事を指摘したぞ。それでも戦い方を変えなかったのは、西根たちだろ」

それを聞いた西根が、ガクッと地面に膝を突いた。

「西根たちは生活魔法使いのチームに負けたんだ。この先、生活魔法や他の魔法を馬鹿にするような事は絶対言うなよ」

西根は悔しそうな顔をしたが、それ以降は生活魔法を馬鹿にするような事を全く言わなくなった。

あとがき

最近テレビを見る時間が減って動画を見る時間が増えたように感じます。一般的に新聞が読まれなくなり、テレビを見る人も減る時代になったと言われています。かなり前から『テレビ離れ』という言葉を聞くようになりました。気付けば、自分もそうなっていたようです。
新聞やテレビの代わりにスマートフォンやパソコンでネットニュースを読み、動画サイトのドラマや映画を見る。そういう時代になったのだと変化を感じる最近です。書籍の分野でも電子書籍しか読まないという人が居ると聞いています。この変化は後戻りする事はないのでしょう。そんな事を考えていると印刷業界が心配になってきました。調べてみると、やはり印刷需要が減少しているという記事がありました。当作品の中にある状況のような世界規模の災害でも起きない限り、古書を除いて紙の書籍という存在は消えるかもしれないという結論になります。

紙の歴史は紀元前二世紀頃に中国で発明されたと学校で習いました。紙は『植物などの繊維を水中で叩(たた)いてバラバラに解(ほぐ)した後、漉(す)き上げて薄く平らに伸ばしたもの』と定義されていますので、歴史の授業で習ったエジプトのパピルス紙は紙ではないそうです。というのは、パピルス紙を作る工程に『漉く』という工程がないからです。現在使われている木材パルプから紙を作るという方法は、十八世紀の初め頃にフランスの科学者レオミュールが発明しました。スズメバチが木の繊維から巣を作る様子を見たのが切っ掛けになったと読んだ事があります。普通ならスズメバチの巣作りを見ても感心するくらいです。それを紙の製法と結び付けた事に、さすが科学者と感じました。

　書籍の分野では先細りとなりそうな紙ですが、他に様々な分野で新しい使い方が開発されています。なので、紙がなくなるという事はなさそうです。最近断熱性などに優れた段ボール製の簡易住宅が開発されたというニュースを読みました。そこで思い出したのは、東京オリンピックで使われた段ボールベッドです。この段ボールベッドはパリ五輪でも使われました。オリンピックでは段ボールベッドの耐久性について問題になったようですが、製造した寝具メーカーの社長が、段ボールベッドの上に飛び乗ったり跳ねたりして耐久性を証明したと聞いています。

　そう言えば、東京五輪の時に段ボールベッドの耐久性を試そうとベッドの上で九人がジャンプして壊れたというニュースが広がりました。壊した人は何を考えていたのだろうか？　生物の中で人間が一番賢いと言われています。科学者レオミュールの発明を考えれば、一番賢いというのも納得ですが、段ボールベッドを壊した選手たちの事を考えれば疑問に思ってしまいます。

結局、人間は賢い生き物だが、いつも賢い行動をするとは限らないという事なのでしょう。作品の中の主人公もいつも賢い行動をする訳ではありません。完璧な人間にしようとすると、嘘臭く感じるかもしれないと思うからです。完璧な主人公だと何があっても『想定範囲内だ』とか言って前もって対策を打っていそうです。但し、あんまり馬鹿だと呆れられてしまう。その加減というか描き方は難しいと思います。

時々結果を知った後に、こうするべきではなかったのかと言う人がいますが、それは『後知恵バイアス』というものです。後知恵バイアスというのは物事が起きた後に予想可能だったのではないかと考えてしまう心理的傾向です。

人は自分の考えが正しいと思いたい傾向があります。そして、人の記憶は曖昧なものですから、後知恵バイアスに陥るのだと思います。おっと、紙の話から後知恵バイアスに話が飛んでしまいました。作品を書く時も様々な事を調べて書いているので、執筆速度は遅いです。でも、頑張っていますので、今後もよろしくお願いします。

最後に本書を読まれた方々に感謝します。ありがとうございました。

二〇二四年三月二十二日　　月汰元

ありがとう
ござぃます

生活魔法使いの下剋上 4

2024年6月30日　初版発行

著　者　月汰元
イラスト　himesuz
発行者　山下直久
発　行　株式会社KADOKAWA
〒102-8177 東京都千代田区富士見2-13-3
電話 0570-002-301（ナビダイヤル）

編集企画　ファミ通文庫編集部

担　当　和田寛正
デザイン　横山券露央、小野寺菜緒（ビーワークス）
写植・製版　株式会社オノ・エーワン
印　刷　TOPPAN株式会社
製　本　TOPPAN株式会社

●お問い合わせ
https://www.kadokawa.co.jp/（「お問い合わせ」へお進みください）
※内容によっては、お答えできない場合があります。
※サポートは日本国内のみとさせていただきます。
※Japanese text only

 ISBN978-4-04-737896-4 C0093　定価はカバーに表示してあります。

Comment
シスコンじゃん

Comment
こいついっつも燃えてるな

Comment
同期が初手解雇は草

ファンタジーの世界でも
戦争は泥臭く
醜いものでした

STORY

トウリ・ノエル二等衛生兵。
彼女は回復魔法への適性を見出され、
生まれ育った孤児院への
資金援助のため軍に志願した。
しかし魔法の訓練も受けないまま、
トウリは最も過酷な戦闘が繰り広げられている
「西部戦線」の突撃部隊へと配属されてしまう。
彼女に与えられた任務は
戦線のエースであるガーバックの
専属衛生兵となり、
絶対に彼を死なせないようにすること。
けれど最強の兵士と名高いガーバックは
部下を見殺しにしてでも戦果を上げる
最低の指揮官でもあった!
理不尽な命令と暴力の前にトウリは日々疲弊していく。
それでも彼女はただ生き残るために
奮闘するのだが——。

B6判単行本
KADOKAWA/エンターブレイン 刊

【TS衛生兵さんの戦場日記】

まさきたま

[Illustrator] クレタ